हल्की-फुलकी कहानियाँ

जीवन के विविध रंग

इस्मिता माथुर
"मुस्कान"

INDIA · SINGAPORE · MALAYSIA

Copyright © Ismita Mathur 2023
All Rights Reserved.

ISBN 979-8-89133-893-7

This book has been published with all efforts taken to make the material error-free after the consent of the author. However, the author and the publisher do not assume and hereby disclaim any liability to any party for any loss, damage, or disruption caused by errors or omissions, whether such errors or omissions result from negligence, accident, or any other cause.

While every effort has been made to avoid any mistake or omission, this publication is being sold on the condition and understanding that neither the author nor the publishers or printers would be liable in any manner to any person by reason of any mistake or omission in this publication or for any action taken or omitted to be taken or advice rendered or accepted on the basis of this work. For any defect in printing or binding the publishers will be liable only to replace the defective copy by another copy of this work then available.

अस्वीकरण

सभी कहानियाँ पूर्णतया काल्पनिक, मौलिक, स्वरचित एवम् मानवीय मनोभावों को उजागर करने के उद्देश्य से लिखी गई हैं और इनका उद्देश्य किसी की भावनाओं को किसी भी प्रकार से, कष्ट या दुःख पहुँचाना नहीं है।

किसी भी वास्तविक, जीवित या मृत व्यक्ति का कोई भी उदाहरण, विशुद्ध संयोग होगा। किसी भी शहर या जगह का संदर्भ मात्र कथा चित्रण में सहायता के उद्देश्य से लिया गया है, अन्यथा इसका कोई अर्थ नहीं है। इन कहानियों में किसी व्यक्ति, समुदाय, पेशे, जाति, विश्वास या धर्म की भावनाओं को आहत करने का इरादा निहित नहीं है। अतः किसी के जीवन से अनैच्छिक साम्यता को कृपया व्यक्तिगत कटाक्ष न समझा जाये।

Disclaimer

All stories are self-written original work of imagination, purely a work of fiction, revealing feelings of a human heart and they are not intended to hurt or trouble anyone in any manner whatsoever.

Any example, of any real person, live or dead, is merely a coincidence. Any reference taken to a city or place is for fictional purposes only and has no meaning otherwise. These stories are not intended to hurt the feelings of any person, community, profession, caste, belief or religion.

Any unintended resemblance to the life of anyone is not to be taken as a personal swipe or comment.

****

सर्वाधिकार सुरक्षित। कॉपीराइट, लेखिका के स्वत्व अधिकार में। कॉपीराइट का किसी भी प्रकार, प्रणाली अथवा साधन से उल्लंघन उपयुक्त विधियों (Acts) के प्रावधानों के अधीन संव्यवहृत होगा।

All rights reserved. Copyright with the writer. Any violation thereof subject to legal provisions under appropriate Acts.

समर्पण
मेरे प्यारे प्यारे पापा को

स्व. श्री अवधेश कुमार माथुर
अवतरण 22 सितम्बर 1934
अवसान 06 नवम्बर 2022

नहीं भूल सकती मैं
(एक काव्यांजलि, पापा के नाम)

पापा! तुम्हारा नाम,
मेरे नाम के साथ सदा ही जुड़ा रहेगा।
चाहे वो हाईस्कूल सर्टिफिकेट हो,
डिपार्टमेंटल आई कार्ड हो, या पैन कार्ड हो।
रहूंगी मैं सदा तुम्हारी ही बेटी,
मुझे छोड़ कर, तुम कभी जा ही नहीं सकते।

नहीं भूल सकती मैं
तुम्हारी वो हरी, नीली चमकती आंखें,
तुम्हारे वो गोरे, गुलाबी गाल,
तुम्हारा वो मुस्कुराता चेहरा,
जो हमेशा ही दिखाई देगा,
मेरे चेहरे में, मेरे बच्चों में,
और फिर उनके बच्चों में।

नहीं भूल सकती मैं
तुम्हारा वो आशीर्वाद,
वो मेरे चेहरे को हौले-हौले सहलाना,
जैसे अभी भी मैं तुम्हारी नन्ही गुड़िया हूँ।

मेरे प्यारे पापा

नहीं भूल सकती मैं,
तुम्हारा वो डगमग करते हुए चलना,
कुछ धुंधलाई, कुछ चौंधियाई सी आंखों से,
बैंक के फॉर्म पढ़कर,
धीरे-धीरे उनको भरना।

नहीं भूल सकती मैं,
तुम्हारा वो छड़ी लिये चलते-चलते,
कभी-कभी अचानक जमीन पर गिर पड़ना,
और मेरा बुरी तरह से सहम जाना।
नहीं भूल सकती मैं,
तुम्हारी वो ज़िंदादिली, तुम्हारी वो हिम्मत,
जिसके सहारे चले जाते थे तुम,
सात समुन्दर पार, उस हाल में भी।

नहीं भूल सकती मैं,
जीवन जीने का वो अनमोल तरीका,
जो सिखा गए तुम हमें,
जीवन के सुख-दुख में,
सब के काम आना,
सबकी मदद करना।

नहीं भूल सकती मैं,
वो हँसना-हँसाना,
वो खिलखिलाना,
गुरु पूर्णिमा की रात में,
चांदनी की सीढ़ी पर चढ़कर,
तुम्हारा वो अनंत में विलीन हो जाना।

कसम भाइयों के उन अनमोल मोती से आंसुओं की,
जो बहे थे उनकी आँखों से,
तुम्हारे जाने के बाद,
तुम बहुत याद आओगे।
रहोगे सदा अमर, तुम हमारी यादों में,
क्योंकि तुम पापा हो, सिर्फ़ पापा हो
हमारे प्यारे-प्यारे पापा हो।

........मीता
(पापा का दिया हुआ निकनेम)

अंतर्वस्तु

संपादक की बात

इस रचना-संग्रह से पहले, श्रीमती इस्मिता माथुर 'मुस्कान' के तीन और रचना-संग्रह, क्रमशः 'तुम्हारी कहानी', 'वो, कुछ जानी, कुछ अनजानी' और 'वामा का इंद्रधनुष' आदि शीर्षक के अंतर्गत, प्रकाशित हो चुके हैं। विदुषी लेखिका की, उन सभी कृतियों में सम्मिलित, कहानियों के कथानक, जिस कालखंड से संबद्ध रहे थे, उस काल की परिस्थितियों में, नारी को समाज में जैसी विषम परिस्थिति का सामना करना पड़ रहा था, उसका बेहद सजीव और मर्मस्पर्शी चित्रण हुआ है। उन रचनाओं में नारी चरित्र की प्रधानता स्पष्टतः परिलक्षित होने के बावजूद, केन्द्रीय पात्रों का चरित्र-चित्रण इतना सशक्त और प्रभावशाली बन पड़ा है कि पाठक उन कथानकों के केन्द्रीय पात्र के साथ एकात्म होते हुए बिना नहीं रह सकता है।

नारी मन की अंतर्वेदना को उकेरने की कला में प्रवीण लेखिका की, बहुआयामी प्रतिभा का परिचय देती रचनाओं पर आधारित, इस रचना-संग्रह का अधिकांश, मूलतः प्राकृतिक परिवेश और पशु-पक्षियों आदि पर आधारित है। इस मायने में यह संकलन, लेखिका के पूर्ववर्ती रचना-संग्रहों से तनिक हटकर है, किन्तु मानवीय संबंधों की गुत्थियों का चित्रण करती कतिपय रचनाओं को इस संकलन में भी स्थान दिया गया है जैसे गोल चौराहा, अनु, अनोखा रिश्ता, फौजी बेटा आदि। लेकिन, इन रचनाओं में, लेखिका ने केन्द्रीय पात्र के रूप में नारी को न लेकर पुरुष चरित्र को लिया है।

संकलन के शीर्षक 'हल्की फुल्की कहानियाँ' से ही पाठकों को यह आभास मिल जाना चाहिये कि संकलित रचनाओं में कोई पारस्परिक संबद्धता नहीं है और इसका एक लाभ यह है कि पाठक किसी भी रचना को किसी भी समय एवं किसी भी क्रम में पढ़ पाने के लिये स्वतंत्र है। साथ ही, रचनाओं की कथावस्तु भी आयु निरपेक्ष है।

आशा है कि पूर्ववर्ती संकलनों की भाँति, यह संकलन पाठकों को स्वस्थ व पारिवारिक मनोरंजन का माध्यम उपलब्ध कराएगा और इसे भी पाठक-वृंद की वैसी ही ग्राह्यता का पारितोषिक प्राप्त होगा।

.....उमेश माथुर

आमुख

अपनी कहानियों के इस संकलन में, मैंने दैनंदिन जीवन में, अलग-अलग पृष्ठभूमि तथा स्वभाव के लोगों से, आपसी मेलजोल की प्रक्रिया में मिले, विभिन्न खट्टे-मीठे अनुभवों एवं आसपास के वातावरण से संबंधित अनेक छोटी-मोटी घटनाओं को ही चित्रित करने का प्रयास किया है। इस कथा-संकलन में जहाँ एक ओर आपको झूमता मुस्कुराता हुआ यूकेलिप्टस का पेड़, कोयल की कूक, छोटी सी चिड़िया की चहक, घर में घूमने वाली भोली-भाली सफ़ेद बिल्ली की म्याऊँ, काली चमकती सद्यःप्रसूता गाय आदि की उपस्थिति मिलेगी, तो वहीं दूसरी ओर तोतली बोली बोलते, पार्क में खेलते नटखट छोटे-छोटे बच्चे व बुजुर्ग आदि तथा मानवीय संबंधों और संवेदनाओं की झलक से भरी कहानियों का मिलाजुला कैनवास दिखाई देगा। मेरा आशय है कि इन छोटी-छोटी, हल्की-फुल्की कहानियों को पढ़कर आप अपने दैनिक जीवन के सामान्य वातावरण और क्रियाकलाप से अलग हटकर, एक काल्पनिक दुनिया में विचरण कर सकें और कुछ समय के लिये, स्वयं को भुलाकर, थोड़ा हल्का-फुल्का महसूस कर सकें।

धन्यवाद ज्ञापन की श्रृंखला में, सर्वप्रथम मैं नाम लूँगी मेरे पति श्री उमेश माथुर का। हृदय की गहराइयों से, मैं उनकी आभारी हूँ, इन कहानियों के संपादन /परिष्करण और कथावस्तु के अनुरूप रेखाचित्रों/ छायाचित्रों आदि के चयन में बहुमूल्य योगदान के लिये। पुस्तक को इसके वर्तमान स्वरूप में लाने के प्रयास में मेरे बच्चों हितेश, सौम्या और बहूरानी स्निग्धा के उत्साहवर्धन ने सदा मुझे संबल दिया।

उन सभी जाने-अनजाने चित्रकारों/ छायाकारों को मेरा वंदन, अभिनंदन और हार्दिक धन्यवाद जिनके कल्पनाशील रेखाचित्रों/ छायाचित्रों से इस पुस्तक का कलेवर निखारने में मदद मिली है। आभार टाइपिस्ट श्री

आकाश श्रीवास्तव का, जिन्होंने बड़ी दक्षता से इन सभी रचनाओं को टाइप किया और कपूर ब्रदर्स जिन्होंने अनेक बार समय-समय पर ड्राफ्ट प्रिंट निकालकर दिये, जिससे शाब्दिक व व्याकरणात्मक गलतियों का सुधार करने में मदद मिली।

और अंत में, आभार नोशन प्रेस, चेन्नई और उसके समस्त कार्यकारियों और दक्ष परामर्शदाताओं का जिन के सहयोग से यह रचनाएं एक सुंदर पुस्तक के रूप में परिवर्तित कर पाठकों की सेवा में पेश की जा सकी हैं।

ये हल्की-फुल्की कहानियाँ, आपके जीवन को एक नवीन उत्साह और उमंग से भर सकें, इसी प्रत्याशा में,

.....इस्मिता माथुर 'मुस्कान'

1.
नीम का पेड़

ओह, वह हरा-भरा नीम का पेड़। बात कोई तेईस-चौबीस साल पहले की है, जब एक बेहद संवेदनशील और भावुक युवती 'नूतन', अपने परिवार के नवनिर्मित घर में स्थाई रूप से रहने के लिये पहुँची थी। वहाँ, पड़ोस वाले घर में, किशोर अवस्था का एक नीम का पेड़, बाउँड्री-वॉल से सटा हुआ खड़ा था। उसकी जड़ें और तना तो बगल वाले प्लॉट में ही था, किन्तु वह कुछ इस तरह बड़ा हुआ था कि पेड़ के ऊपरी छायादार हिस्से का अधिकांश भाग नूतन के घर की ओर झुका हुआ था।

पतझड़ में, उसकी ढेरों, सूखी, पीली पत्तियाँ नूतन के आँगन में गिरतीं, जिसकी बार-बार सफ़ाई करते रहना पड़ता था। फिर भी परिवार में सभी को, खासकर बच्चों को वह पेड़ बहुत प्यारा लगता था। गर्मी आने के

पहले, उसमें ढेर सारी नई-नई कोंपलें फूटने लगतीं और तेज गर्मी आते-आते, वह हरी-धानी पत्तियों से भर जाता। धीरे-धीरे वह पेड़ अपनी किशोर अवस्था से यौवन को प्राप्त हो रहा था और एक साल गुजरते न गुजरते, वह नीम का पेड़ उनकी छत से भी ऊँचा हो गया। गर्मी में उसकी ठण्डी छाया, नूतन के आँगन को आंशिक रूप से ढँका रखती और बरसात में छाते का काम भी करती। कितनी भी तेज वर्षा हो, वे लोग कभी छाता लेकर गेट तक नहीं जाते थे। क्योंकि उनका मकान सिर्फ एक ही मंजिल का बना था, इसलिये, छत से ऊपर निकलने के बाद, उसकी छाया, आंगन के अलावा, अब उनकी छत पर भी पड़ने लगी थी।

उसका तना तो मोटा और मजबूत होता ही गया, साथ ही उसकी एक शाखा अब बहुत मजबूत हो कर उनके घर के आंगन को लगभग पूरा कवर कर चुकी थी। इस घर में आने के बमुश्किल छ: माह में ही गरमी आते ही बच्चों के जिद करने पर नूतन के पति ने सन की मोटी रस्सी से एक झूला उसी शाखा से बाँध दिया था। अब तो बच्चों के मजे हो गये। आस-पड़ोस के उनके हमउम्र बच्चे भी झूलने के लालच में उनके बच्चों के साथ खेलने को लालायित रहने लगे। उनके पड़ोस की एक आँटी तो, रोज उससे नई-नई कोंपलें तोड़ने आती। उनका कहना था कि "सुबह-सुबह नीम की नई पत्तियाँ खाने से बहुत से रोगों से बचे रहते है।" नूतन के पति भी उस नीम के पेड़ की छाया के नीचे घूमते-घूमते, आंगन में गमलों में लगे पौधों को पानी डालते रहते। नीम की ताजी और स्वास्थ्यवर्धक हवा उनके लिये बेहद फ़ायदेमंद थी। गर्मी में पूरा पेड़, सफेद-सफेद, बारीक फूलों और उनकी भीनी खुशबू से भर जाता और फिर थोड़े दिनों बाद उनके आँगन में टपा टप, पीली-पीली निबौरियाँ टपकने लगतीं। कभी-कभी नूतन के पति और बच्चे, आंगन में टपकती, कुछ कड़वी, कुछ मीठी निबौरियों को चखकर देख लेते और उनमें से दो-चार मीठी निबौरियाँ खा भी लेते।

समय बीतता चला गया। पड़ोस वाले, उस घर के एक हिस्से में किराएदार की तरह रहने वाली एक बुजुर्ग आंटी, शाम के समय आंगन में चावल के कुछ दाने बिखेर देती थीं, जिन्हें चुगने, ढेरो पंछी आंगन में उतर आते। आम और नीम के ऊँचे पेड़ों से आती ठंडी बयार के साथ,

आंगन के पौधों में खिले गुलाब और दूसरे रंगबिरंगे फूलों की खुशबू से महकते उनके आंगन में, शाम का वह वक़्त, बेहद सुहावना होता। लेकिन एक समय आया, जब पड़ोस के उस मकान को, मकान-मालिक ने किसी और को बेच दिया। नए मकान-मालिक को, पुराना बना हुआ घर, रहने लायक नहीं लगा। उन्होंने उसे गिरा कर, नया मकान बनाने का फैसला कर लिया। बहरहाल, न केवल उस ज़मीन पर बना घर ही ज़मींदोज़ किया गया बल्कि सामने जो ऊँचे-ऊँचे आम के और दूसरे हरे-भरे पेड़ लगे थे, उनको भी काट दिया गया। पेड़ों के कट जाने से, उन पर रहने वाली ढेरों पंछी भी बेघर हो गये। यह देखना अच्छा तो नहीं लगा, लेकिन ज़मीन उनकी थी और वे पेड़ भी, उनकी ज़मीन पर ही थे। नूतन और उसके घरवाले भला कर ही क्या सकते थे? कभी हरी-भरी रही उस ज़मीन पर जल्दी ही कामगार मज़दूरों के भारी कदमों की आवाजाही शुरू हो गयी।

नीम के जिस पेड़ की हम बात कर रहे हैं, वह पेड़ उस घर के पिछवाड़े में था, इसलिए शुरुआत में वह नहीं काटा गया। नूतन और उसके पति को ये आशा थी कि शायद नीम का पेड़, घर के पिछवाड़े में लगा होने के कारण नहीं कटेगा। लेकिन एक दिन सबेरे नूतन ने देखा, कि बाउँड्रीवॉल पर चढ़कर, एक मज़दूर नीम की उसी बड़ी डाल को काट रहा है, जिससे उनका आंगन छायादार बना हुआ था। यह देखकर नूतन को धक्का सा लगा। पूछताछ करने पर मज़दूर ने बताया ये पूरा पेड़ ही काटा जाना है। यह जानकर नूतन और उसके पति ने बिल्डिंग कॉंट्रैक्टर और नये मकान मालिक से बहुत चिरौरी की कि इस पेड़ को मत काटिये, हम उतनी ज़मीन खरीदने को तैयार हैं। लेकिन उन बेदर्दियों को दया नहीं आयी। देखते-देखते वह हरा-भरा पेड़ कटता गया। कुल्हाड़ी की एक-एक चोट, नूतन के सीने पर लग रही थी, परंतु नूतन और उसके घरवाले, उस पेड़ का कटना रोक नहीं पाए, क्योंकि वह पेड़, उनकी ज़मीन पर था ही नहीं। उस दिन नूतन को यह कड़आ अहसास हुआ कि ईश्वर की बनायी यह धरती, पैसों के बल पर मनुष्यों के बीच इंच दर इंच, कुछ इस तरह बँटी हुई है कि कभी-कभी प्रकृति की नेमतों को बचा पाना भी संभव नहीं हो पाता।

उस नीम के पेड़ के, काट दिये जाने के, तीन-चार दिन बाद तक, नूतन के घर में सभी लोगों को ऐसा लगता रहा कि जैसे उनके ही घर का कोई सदस्य, असमय काल का ग्रास बन गया हो। नूतन और बच्चे, कई दिनों तक उदास मुँह लिए बैठे रहे। यहां तक कि नूतन ने अपनी बाउँड्रीवॉल के पास आँगन में, तेरह दिन तक रोज़ दिया जलाया। लेकिन ज़िंदगी अपनी रफ्तार से बढ़ती रही। नूतन ने उसी स्थान पर अपने आँगन में, गमले में नीम का एक पौधा रोंप दिया। जब कभी उस पुराने प्यारे-प्यारे पेड़ की ज़्यादा याद आती, नूतन उस गमले में एक दिया लगा देती।

अब, जब वह नीम का पेड़ नहीं रहा था, तब उस हरे-भरे पेड़ की नूतन को बहुत याद आती। खास-तौर से जब खुले आकाश के नीचे, उन्हें बाउंड्री के मेन गेट तक जाने के लिये तेज धूप में चलकर जाना पड़ता। अब बरसात में भी गेट तक जाने के लिये, छाते का प्रयोग करना पड़ता। तेज़ गर्मी और बरसात में गेट पर आया व्यक्ति भी, बिना छाया के तपता, या भीगता खड़ा रहता।

लेकिन प्रकृति की दयालुता असीम है। गमले में लगाया गया छोटा सा नीम का पौधा, जल्दी-जल्दी बढ़कर लगभग एक-डेढ़ साल में ही, दो ढाई फुट ऊँचाई का हो गया। एक बार घर में जब कुछ काम चला, तो नूतन ने माली से उस नीम के पौधे को अपनी बाउंड्री वॉल के बाहर उसी के सहारे गेट से सटी हुई काली मिट्टी में लगवा दिया। प्राकृतिक वातावरण पाते ही गमले में पनपा वह नीम का वह पौधा, तेज़ी से बढ़ने लगा। धीरे-धीरे वह नीम का पौधा, पेड़ में बदलकर, अब लगभग बीस साल का हो गया है।

एक बजे की कड़ी धूप में जब सूर्यदेव अपने प्रचंड तेज में होते हैं, तब भी नूतन के घर के आँगन में उस नीम की ठंडी छाया और ठंडी बयार बेहद सुकून देती है। असंख्य छोटी-छोटी चिड़िया और गिलहरियाँ उस पर किलोल करते दिखाई देते हैं। कभी-कभार बंदरों की टोलियाँ भी जब वहाँ से गुज़रती हैं, तो उसी नीम के पेड़ पर ढेरों बंदर उछलते-कूदते और धमाचौकड़ी मचाते रहते हैं। नूतन के घर के मेन गेट के रैंप पर, उसकी ठंडी-ठंडी छाया के तले रुक कर पथिक, कुछ पल विश्राम करते

दिखाई देते हैं। सड़कों पर घूमते, बेसहारा मूक पशुओं के लिए भी, उसकी छाया एक वरदान के समान ही है। नूतन को भी इस बात का बहुत संतोष और ख़ुशी है कि अब उस पेड़ को कोई नहीं काट सकता, क्योंकि अब, वह एक ऐसी जगह खड़ा मुस्कुरा रहा है, जहाँ शायद सालों तक वह यूँ ही निश्चिंत खड़ा रह सकता है। उसे निकट भविष्य में किसी की कुल्हाड़ी का वार सहने की ज़रूरत नहीं है।

घर की बाउंड्रीवॉल के बिलकुल बाहर, सड़क के किनारे से थोड़ा हटकर लगा हुआ, वह हरा भरा पेड़, आज सीना तानकर खड़ा है। उसकी छाँव, नूतन के घर के गेट और आँगन के बड़े हिस्से को, अपनी शीतलता से ढँके रहती है। पढ़ाई और नौकरी की मजबूरियों के चलते, नूतन के अपने बच्चे दूसरे मेट्रोपोलिटन शहरों की ओर निकल गये हैं। अकेले पन के क्षणों में, अब वह नीम का पेड़ ही उसका हमदर्द बन गया है। सुबह-शाम अपने बरामदे में बैठी नूतन, उसे अपने बच्चे की तरह प्यार से, मीठी आवाज़ में 'नीमू-नीमू' कहकर दुलारती रहती है। हवा के साथ झूमते और अपने पत्तों को हिलाकर अभिवादन सा करते, उस नीम के पेड़ को, देखकर नूतन को लगता है जैसे कह रहा हो, कि 'लो माँ! मैं फिर आ गया तुम्हारे आंगन में।'

(**विशेष टिप्पणीः** यह कहानी, आकाशवाणी के जबलपुर केन्द्र से, दिनांक 18 सितम्बर 2023 को, प्रातः 7.20 बजे के 'गुड मॉर्निंग जबलपुर' कार्यक्रम के अंतर्गत प्रसारित हुई थी।)

2.
छोटी सी गौरैया

आजकल तो छोटे बच्चों को गौरैया दिखा पाना ही मुश्किल सा हो गया है। निरंतर बढ़ते जा रहे कॉंक्रीट के जंगल में, बचपन की वो गौरैया जैसे कहीं खो गयी है। आज जो पीढ़ी उम्र के ढलान पर आ चुकी है, उनके जेहन में आज भी, वो सुनहरी यादें ज़िन्दा हैं, जब बरामदे और आँगन में,

कई छोटी-छोटी सी चिड़ियाँ फुदकती रहती थीं, ज़मीन पर पड़े छोटे-छोटे चावल और दाल के दाने या फिर छोटे-छोटे कीड़ों को चुनती हुई। उस समय गौरैया, बच्चों की अच्छी दोस्त हुआ करती थी। सभी छोटे-बड़े बहन-भाई पूरी-पूरी दोपहर बैठकर उसके क्रियाकलाप देखते रहते थे।

गरमी के मौसम की आहट के साथ ही चिड़िया घर में लगे कूलर डक्ट में घोंसला बनाती थी। एक-एक तिनका चुनकर वो घोंसला बनाती, अंडे देती और बाद में अंडों को सेते हुए, उन पर बैठी रहती। थोड़े दिनों में उस घोंसले में से चीं-चीं करते, चिड़िया के बच्चों की आवाज़ें आने लगती।

चिड़िया और काली कलगी वाला चिड़ा (गौरैया पक्षियों में नर पक्षी) बार-बार दानों की खोज में फुर्र-फुर्र करते उड़ जाते और जब लौटकर आते तो उनकी चोंच में दाने होते थे। उनके लौटकर आते ही बच्चे चीं-चीं करके वैसे ही शोर मचा देते थे, जैसे मनुष्यों के बच्चे, पापा के ऑफ़िस से लौटते ही शोर मचाते थे कि पापा-पापा हमारे लिये क्या लाये? वे दोनों, चिड़िया-चिड़ा उन नन्हें-नन्हें कोमल बच्चों की छोटी-छोटी चोंचों में दानों को डालकर उन्हें खिलाते।

एक बार की बात है कि एक छोटा बच्चा घोंसले से नीचे गिर गया। एकदम कोमल और गुलाबी चोंच वाला। घर के सब बड़े लोगों ने कहा कि अगर उसको छुआ, तो चिड़िया फिर उसे छोड़ देगी और दाने नहीं खिलायेगी। बच्चे दिन भर परेशान रहे। शाम को एक नौकर ने उसको कागज में लपेटकर उठाया और उसको घोंसले में वापस रख दिया। उसकी माँ ने उसे स्वीकार किया या नहीं, ये उन बच्चों को पता नहीं चला।

बचपन की एक घटना और याद आती है, जब गर्मी के मौसम में बाहर की गर्म हवा से बचने के लिये एक कमरे के सब खिड़की-दरवाजे बंद कर लिये गये थे और ये ध्यान नहीं रखा कि कमरे में एक चिड़िया कैद हो गयी थी। छत पर लटका पंखा तेज़ी से चल रहा था। पंखे की तेज़ हवा से बचती हुई वह चिड़िया इधर से उधर दीवारों से टकराती रही और अंत में पंखे की ब्लेड की चपेट में आ गयी, और कटकर, लहूलुहान होकर खट से फर्श पर गिर पड़ी। उस हृदय विदारक दृश्य को देखकर हम लोग सन्न रह गये थे। आज भी वह घटना याद आते ही रोंगटे खड़े हो जाते हैं। तब से हम लोगों ने यह आदत ही बना ली थी कि गलती

से भी, यदि कोई चिड़िया कमरे में आ गयी हो, तो तुरंत पंखा बंद कर दिया जाए।

सालों-साल निकलते चले गये, बचपन बीत गया, जिंदगी चलती रही। पढ़ाई-लिखाई और घर-गृहस्थी में उलझी हुई मैं, कब ख़ुद मां बन गयी पता ही नहीं चला। जब मेरे बच्चे छोटे-छोटे थे, तो एक बार बरामदे में लटके गमलों में गौरैया ने फिर घोंसला बनाया। छोटे-छोटे तिनके, घास-फूस ला लाकर अपना छोटा सा घरौंदा बनाना शुरू किया। गौरैया और उसका साथी दिन भर बड़ी मेहनत से यहाँ-वहाँ से तिनके या घास-फूस एकत्र करते और तिनका-तिनका करके घोंसले को बनाने की कोशिश करते। स्वाभाविक रूप से बहुत से तिनके नीचे भी गिरते रहते और घर में कचरा होता रहता। मेरे पति को ये बिलकुल पसंद नहीं था। वे इस बात से बहुत चिढ़ते और वे ऑफिस से लौटकर आते ही, झाड़ू उठाकर उस छोटे से घोंसले के लिये गौरैया ने जितने तिनके जमा किए होते, वे सब हटा देते। लेकिन गौरैया, वह तो अगले दिन फिर, उसी मनोयोग से नए सिरे से घोंसला बनाने में जुट जाती।

उसी दौरान, एक दिन मेरे पति कुछ दिनों के लिए टूर पर चले गये, बस उस दिन से उस गौरैया की बन आयी। मेरे बच्चे, रोज गौरैया को, घोंसला बनाते देखते रहते। उसका घोंसला बन गया और जल्दी ही उसमें नए जीवन के लक्षण भी प्रकट होने लगे।

पन्द्रह दिन बाद जब मेरे पति टूर से लौटकर आये तो घोंसले को देखकर पहले तो हँसते हुए बोले,

"अरे! इस बदमाश ने फिर घोंसला बना लिया।"

और फिर, आदतन उन्होंने एक डंडा लेकर घोंसले को नीचे गिरा दिया। लेकिन ये क्या? उसमें से दो छोटे-छोटे अंडे गिरे और गिरकर हल्की आवाज़ करते हुए टूट गये। अंडों के टूटने से निकला, हल्का पीला द्रव फ़र्श पर यहाँ-वहाँ बिखर कर रह गया और अंडों का हलका सफेद खोल कई टुकड़ों में टूटा दिखाई देने लगा।

अनजाने में हुए, जीवहत्या के इस महापाप के अहसास से, हमारे दिल धक्क से रह गये। मेरे पति अपराधी की भाँति सर झुकाए, पछतावे की मुद्रा में बोले,

'ये मैंने क्या पाप कर डाला। मेरी एक गलती से, दो संभावित जीवन, दुनिया में आँखें खोलने ही पहले ही काल का ग्रास बन गये।'

हमारी आँखें हलकी भीग सी गयीं। शाम को गौरैया और उसका साथी लौटकर अपने घोंसले और अंडों को ढूँढते रहे। रोज चीं-चीं करके आते और गमलों के चारों ओर चक्कर लगाकर चले जाते। हम उन्हें उदास और दुखी देखते, तो हृदय में बहुत पीड़ा होती।

इस घटना से हम लोगों को इतना दुख हुआ कि उसके बाद हमारे घर के बरामदे में जब कभी गौरैया घोंसला बनाने की कोशिश करती तो इससे पहले कि वह पूरा बन पाए, शुरुआत में ही तिनकों को तुरंत हटा देते थे, जिससे वह किसी और जगह घोंसला बना ले, जहाँ उसके अंडे और बच्चे सुरक्षित रहें।

जब हम एक दूसरे घर में रहने गये तो वहाँ हमारे पड़ोस में एक आंटी रहती थीं। उनके घर में आम और नीम के ऊँचे-ऊँचे पेड़ थे। आंटी रोज़ सुबह-शाम अपने गार्डन में चावल के दाने बिखेर देती थीं। सुबह-शाम दोनों समय ढेरों अलग-अलग किस्म के पक्षी उनके आँगन में उतरते और दाने खाकर फुर्र से उड़ जाते। आंटी उन पंछियों के लिये हर महीने 3 किलो चावल खरीदती थीं।

उनके घर छोड़ने के कुछ ही समय बाद वह घर बिक गया, उसके पेड़ काट दिये गये और वहाँ बगीचे की जगह, काँक्रीट की विशाल इमारत खड़ी हो गई। उस बगीचे में दाना चुगने आने वाले पंछी दिखाई देना बंद हो गए। छोटी-छोटी सी गौरैया फिर कहीं खो गयी।

अपने छोटे से गार्डन में, मिट्टी के दो पात्रों में, दाना और पानी लटकाकर मैं फिर उस दिन का इंतज़ार कर रही हूँ जब वैसी ही नन्ही गौरैया एक बार फिर मेरे घर लौट आयेगी और चीं-चीं करती इधर से उधर फुदकती नज़र आएगी। वह मासूम सा दृश्य कितना सुहावना होगा।

3.
कोयल

वो लचकती, वो कूकती, वो प्यारी सी कोयल,
याद दिलाती है बचपन की, वो भोली सी कोयल।
वो अलबेली, वो मतवाली, वो प्यारी सी कोयल,
अमराई के बौरों में, वो महकती, वो झूमती सी कोयल।

पके आम की खुशबू सी महकती कोयल
वो आम के बाग में कुहू-कुहू कूकती कोयल।
लचकती झकोरों से पवन के, वो आम की डाल,
उस पर बैठी सुरभि सी महकती कोयल।

है मिसरी की मिठास, उसकी कुहुक में,
है झलकती तान बाँसुरी की उसकी कुहुक में।
सुर पपीहे से मिलाती, वो गुनगुनाती कोयल,
वो सपनीली, वो प्यारी सी, वो सुरीली सी कोयल।

गुलमोहर पर से फुदकती, आम पर जाती कोयल,
आम से नीम, नीम से पीपल पर फुदकती कोयल।
अमलतास के पीले गुच्छे और गुलमोहर के लाल,
बोगनबेलिया की झाड़ी में घुसकर भी कुहुकती है कोयल।

पेड़ हो अमरूद का या फिर हो वो आम,
नहीं मतलब उसे किसी से, उसे सुनाना अपनी तान।
महुआ और आम झूमते, सुनकर उसकी तान,
करते जैसे नृत्य हैं ये नीम और आम।

साथ उसके बचपन में हम भी कभी गाते थे,
कभी कूकते, होंठ गोल कर कभी सीटी बजाते थे।
जैसी ध्वनि से वो बोलती और कूकती,
प्रतिध्वनि में हम भी कोशिश वैसी ही करते थे।

सुनी कहानी थी छुटपन में नानी और दादी से,
कुहुकती है मीठा पर कौवी को धोखा देती है।
छोड़ घोंसले में कौवी के, अपने अण्डे सेने को,
स्वयं मदमस्त घूमती, उनकी याद भुला देती है।

नन्हे चूज़े कोयल के जब चोंच खोलते,
काँव-काँव की जगह वो भी कुहु-कुहु ही बोलते।
तब समझ पाते हैं कौवी और कौआ,
किसको है सेया और किसे उन्होंने है पाला।

और कूदकर फिर घोंसले से, वे बच्चे उड़ जाते हैं,
नई दिशा में, नई दुनिया में नई अमराई गुँजाते हैं।

4.
प्रकृति की पुकार

झूमती बसंती हवाएँ, पत्तों की सरसराहट, झूमते-लहराते पेड़। जैसे, ये सब कुछ कहना चाहते हैं या शायद प्रकृति इनके माध्यम से हमसे कुछ बात करना चाहती है? न जाने क्यों कभी-कभी यह अहसास होता है, जैसे प्रकृति कह रही हो कि ऐ! भौतिक सुख-सुविधाओं में उलझे लोगों! क्या कभी तुमने आसमान के बदलते रंग देखे है? शाम की तूलिका, जब आकाश को सुनहरे, गुलाबी रंगों से रंग रही होती है, तब तुम लोग बस एक मशीन की तरह, कम्प्यूटर के स्क्रीन और की-पैड पर जूझ रहे होते हो। ऐसा भी नहीं है कि सिर्फ काम ही करते रहते हो। काम के बहाने,

ताश के पत्ते खेलना, इंटरनेट पर टाइम किलिंग गेम्स खेलना और पोर्न साइट्स पर वक्त बिताना भी तो वह हरकतें हैं, जिनमें उलझकर, तुम ये भूल ही गये हो कि कुदरत ने कितने ख़ूबसूरत नज़ारों को तुम्हारे लिये रच रखा है। बेजान कम्प्यूटर के स्क्रीन पर प्रकृति के रंगों की छटा ढूँढने वालों, कभी ए.सी. रूम से बाहर आकर, प्रकृति की वास्तविक अनुपम रचना को भी निहारना सीखो। प्रकृति के उस अद्भुत आनंददायी और वास्तविक रूप का आस्वादन करो।

प्रकृति पूछ रही है कि छोटे-छोटे बच्चों की आँखों पर चढ़ते चश्मे और उनके बढ़ते नंबर, क्या कभी तुम्हारे दिलों में ये सवाल नहीं उठाते कि कम्प्यूटर पर खेले जा रहे विडियो गेम्स, मोबाइल के ऐप्स और दिन प्रतिदिन बड़े होते जा रहे रंगीन टी.वी. स्क्रीन का रेडिएशन, बच्चों की आँखों पर क्या और कैसा कु-प्रभाव डाल रहे हैं?

आज से चालीस-पचास साल पहले तक गाँवों ही नहीं, बल्कि मध्यम दर्जे के शहरों में भी बच्चे उठते ही घर के सामने के दालान और पीछे के आंगन में उगी हुई हरी-हरी दूब पर खेलकूद कर मन बहलाते थे। ओस में भीगी दूब की अद्भुत प्राकृतिक ठंडक से उनकी आँखों को शीतलता पहुँचती और उनकी आँखों की रोशनी को बढ़ने का मौक़ा मिलता था। लेकिन आज बाईस-तेईस मंज़िल या उससे भी ज़्यादा ऊँची बनी इमारतों के तंग फ़्लैट्स में रहने वाले बच्चों को तो, ये पता ही नहीं है कि सुबह-सुबह नम घास पर पैरों तले ओस की छुअन, कैसी होती है? उन्हें क्या मालूम कि ओस से भीगे, थरथराते असली गुलाब की पँखुड़ियों को असलियत में छूने का अहसास कैसा होता है? असली फूलों की कुदरती ख़ुशबू से अपरिचित, उन बच्चों की दुनिया तो, कॉस्मेटिक्स की दुकानों में बिकती बोतलों में बंद फ्रैग्रेंस या डीओडरेंट और मेज़ पर रखे गुलदान में सजे नकली फूलों तक ही सिमट गई है।

समकालीन जीवन का यह एक कटु सत्य है कि बच्चों के सुनहरे भविष्य की आकांक्षा संजोए माता-पिता, नौनिहालों के मस्तिष्क में अनदेखी, अनछुई ऊँचाइयों को छू लेने की कामना तथा दूसरों से आगे

निकालने की महत्वाकांक्षा जाग्रत करते हुए, उन्हें बहुत कम उम्र में ही गला-काट प्रतिस्पर्धा के अंध युग में ढकेल देते हैं। बचपन का वह स्वर्णिम काल, जो प्रकृति की निर्मल गोद में बीतना चाहिये, वह कभी लौटकर न आने वाला अनमोल समय, कंधों पर टंगे भारी-भरकम बस्तों का बोझ ढोने और दौड़कर स्कूल बस पकड़ने के उपक्रम में ही गुज़र जाता है।

मानव सभ्यता का एक अनिवार्य किंतु दुखद पहलू यह भी है कि व्यक्ति और परिवार का सामाजिक स्तर वित्तीय और भौतिक उपलब्धियों से निर्धारित होता है। इसी कारण सिकुड़ते पारिवारिक परिवेश की पृष्ठभूमि में पति-पत्नी दोनों के लिए नौकरी करना आज के संदर्भों में लगभग अनिवार्य सा हो गया है। माँ और पिता दोनों के पास अपने बच्चों के साथ कुछ समय बिताने की फुरसत ही नहीं है, बल्कि आज कल की माँ मजबूरी में, सो कर उठते ही मासूम बच्चों को मोबाइल, कम्प्यूटर या टी.वी. के सामने बैठा देती है, जिससे वह ख़ुद घर का काम जल्दी-जल्दी निपटा सके।

ज़िंदगी की वास्तविकता से दूर, कार्टूनों की नकली दुनिया में विचरते बच्चे, असली दुनिया से दूर होते जाते हैं। टी.वी., कम्प्यूटर या फिर स्मार्ट मोबाइल फोन की स्क्रीन से चिपके बच्चों की नाज़ुक आँखों की नैसर्गिक ज्योति, प्रति पल प्रकाश की तीव्रता और रँग बदलती रोशनी के कुप्रभाव से कम होती जाती है। जानकारों का तो यहाँ तक कहना है कि अल्पायु में ऐसी अवांछनीय लत लग जाने के कारण अनेक छोटे बच्चों के ऑटिज़म जैसी बीमारियों का शिकार हो जाने के मामले भी तेज़ी से बढ़ने लगे हैं, जिसमें उनकी इंद्रियों का नैसर्गिक विकास ही मंद या अवरुद्ध हो जाता है।

लेकिन इसमें उन अबोध बच्चों की गलती कहाँ है? ये फर्ज़ तो बड़ों का ही बनता है कि बच्चों को अधिकतम समय देते हुए, उन्हें गर्मी की शीतल रात में, गहरे नीले आकाश में चमकते तारे दिखाएँ। उन्हें इस बात से अवगत कराएँ कि चांदनी रात में, चंद्रमा की शीतल मद्धिम-रोशनी का कैसा अनिर्वचनीय आनन्द होता है? उन्हें दिखाएँ और ये समझाएँ कि

बिजली की अप्राकृतिक चौंधियाती रोशनी से जगमगाती मॉल्स या बंद कमरे में चलते एसी की फ़ॉल्स सीलिंग में चमकते एल.ई.डी. बल्बों की तुलना में ईश्वर के बनाये आसमान में झिलमिलाते सितारों की मनमोहक छटा, कितनी अनोखी होती है।

हर चीज़ के बारे में बार-बार इंटरनेट पर गूगल की मदद लेने की आदत डालने की बजाय, वर्षा ऋतु की रिमझिम बारिश में भीगना, आसमान के विशाल फलक पर रँग बिखेरते इन्द्रधनुष को देखना, या लहराती-बलखाती नदियों और समुद्र में उफनती ऊँची-ऊँची लहरों का प्रत्यक्ष दर्शन, बच्चों के विकसित होते मस्तिष्क को, प्रकृति के अनगिनत रहस्यों और उसकी मनोहारी छटा से कहीं अधिक बेहतर तरीके से परिचित करायेगा।

नक्शे में देखकर, भारत के दक्षिणी कोने के बारे में वह अनुभूति उत्पन्न हो ही नहीं सकती जो कन्याकुमारी के समुद्र तट पर खड़े होकर तीन रँग के समुद्र को देखकर मन में पैदा होती है। तेज़ हवाओं के साथ ऊँची उठती लहरों के किनारे से आकर टकराने पर उन अनगिनत बूँदों का उछाल देखते ही बनता है। भूरी बंगाल की खाड़ी, हरा हरहराता अरब सागर और शान्त झील सा नीला हिन्द महासागर, अपनी पूरी सम्पूर्णता, अपने पूरे सौन्दर्य के साथ वहाँ मौजूद रहता है। केवल जानकारी प्राप्त करने के उद्देश्य से कम्प्यूटर स्क्रीन पर या कागज़ पर नक्शे में उसे निर्जीवता के साथ देखा जा सकता है, लेकिन उसमें सजीव प्राकृतिक वास्तविकता का लेशमात्र भी अनुभव कर पाना कठिन होता है। क्योंकि, समुद्र से आती हवा की वह अनोखी गंध और ताज़गी, उसका वह सिहराता स्पर्श और ऊँची-ऊँची समुद्र की लहरों को देखकर होने वाला रोमांच, प्रत्यक्षतः वहीं खड़े होकर ही अनुभव किया जा सकता है।

उत्तर में बर्फ से ढँकी, हिमालय की वे नोकदार चोटियाँ और धीर-गंभीर देवदार के वृक्ष। पहाड़ों की ऊँचाइयों पर वे गोल-गोल, घुमावदार, चकराती हुई सड़कें, गहरी घाटियाँ और दूर-दूर तक फैले रहस्यमय, वन्य प्रदेश, प्रकृति को एक अबूझ पहेली बनाते हैं। प्रकृति

के उस अप्रतिम सौन्दर्य में एक बार डूब जाने पर यह महसूस होता है कि उस अलौकिक सौंदर्य में दुनिया के सारे दुख-दर्द उड़न छू कर देने की विलक्षण क्षमता है। तन और मन को ऐसा सुकून, ऐसी शान्ति मिलती है जो लम्बे समय तक भुलाई न जा सके। आख़िर, आत्मा भी तो इस नश्वर शरीर को छोड़कर, इस अनन्त आकाश में ही कहीं विलीन हो जाती है। जगमगाता सूरज जहाँ एक ओर पृथ्वी पर जीवन की निरंतरता का परिपोषण करते हुए अपने तीव्र प्रकाश से सम्पूर्ण जगत में उजियाला फैलाता है, वहीं दूसरी ओर चंद्रमा, अपनी शीतल चाँदनी से दिन-भर के श्रम से क्लांत तन-मन को, अनोखी ठंडक और ताज़गी प्रदान करता है। जब शरबती चाँदनी, चट्टानों से फिसलती हुई, नदिया में उतरती है, तो जैसे पानी की सतह पर, लाखों सपने जगमगा उठते है। यह अनेक लोगों द्वारा आज़माया जा चुका है कि रोज सुबह उठकर, बाल सूर्य को जल चढ़ाने से और बंद आँखों पर सूर्य की कोमल लाली लिये रोशनी की हल्की गर्मी महसूस करने से, आँखों की शक्ति बढ़ती है। कहा तो यह भी जाता है कि अन्तर्मन में बसी न जाने कितनी कामनाएँ, सूर्य की आराधना से पूर्ण होती है।

प्रकृति के सानिध्य में स्वतः ही कभी इच्छा होती है कि प्रभात बेला में, नदी की बालू पर नंगे पैर दौड़ते चले जायें। तब, भीगी रेत पर छूटे अपने ही कदमों के निशान अपना पीछा करते से लगते हैं। कभी लगता है कि चाँदनी में नहाती नदी के किनारे बैठ जाओ और घुटनों पर हाथ बाँधे, रात भर उसे निहारते रहो। कभी मन बारिश में भीगने को ललचाता है, तो कभी झूमते पेड़ों की फुनगियों में खो जाता है। जहाँ नीला, असीम आकाश जीवन की व्यापकता को व्यक्त करता है, तो वहीं, हवा के साथ उड़ते महीन सूखे पत्ते, जीवन की नश्वरता, उसकी क्षण भंगुरता का संदेश देते से लगते हैं।

काश! एक बार फिर हम मानवों में वह आत्मशक्ति जाग सके, जिसके जरिये दुनिया के शोरगुल से दूर, प्रकृति की धीमी पदचापों को सुना जा सके। डूबते हुए सूरज को देर तक निहारा जा सके और आधुनिक दुनिया के प्रपंचों से दूर, शीतल नदियों और गहरे

समुद्र में डुबकी लगाई जा सके। क्या ही अच्छा हो कि कुछ ऐसा हो जाए जिससे हम सभी फिर से लौट सकें प्रकृति की उसी ममतामय गोद में। तभी तो आयेगा वो दिन, जब संसार फिर से उतना ही सरल, सुंदर और स्नेहशील होगा, जैसा संसार के रचयिता ने उसे बनाया था।

समुद्र में डुबकी लगाई जा सके। क्या ही अच्छा हो कि कुछ ऐसा हो जाए जिससे हम सभी फिर से लौट सकें प्रकृति की उसी ममतामय गोद में। तभी तो आयेगा वो दिन, जब संसार फिर से उतना ही सरल, सुंदर और स्नेहशील होगा, जैसा संसार के रचयिता ने उसे बनाया था।

5.

श्यामा

बगीचे की देखभाल के लिये रामनारायण माली, रोज़ाना सुबह सात-साढ़े सात के आस-पास सुष्मिता के घर आया करता था। उस दिन सुबह गेट खड़का और माली ने अपनी भारी आवाज़ में ज़ोर से पुकार कर कहा,

"मैडम जी, देखिये घर के सामने गाय ने बच्चा दिया है।"

उत्सुकता में, सुष्मिता, और उसके पति मिलिंद घर के अंदर से बाहर दौड़े।

"आह! घर के सामने गाय ने बच्चा दिया।"

बाहर सड़क के उस पार, सामने की सरकारी कॉलोनी की बाऊंड्रीवॉल पर छायी हुई बोगनबेलिया की झाड़ियों के पास, एक चमकदार काले रंग की गाय (आगे उसे 'श्यामा' के नाम से संबोधित किया गया है) खड़ी थी।

काली, चिकनी, पतली सी, मजबूत छोटे-छोटे सींग, बड़ी-बड़ी भोली आँखें और उसके पैरों के पास एक नवजात, हिरन के बच्चे जैसा मासूम, भोला सा, बछड़ा खड़ा था। हल्के भूरे-सुनहरे से रंग का। भूरा, सुनहरा, चिकना बदन और बड़ी-बड़ी भोली आँखें। खड़े, तने हुए पत्तों के समान, दो कान।

एकदम साफ़ सुथरा। 'श्यामा' ने उसे चाट-चाटकर साफ़ कर दिया था। ऐसा लग रहा था कि शायद सुबह, पौ फटने के समय कभी उसका जन्म हुआ होगा।

मिलिंद के मुँह से निकला कि,

"अरे! ये तो सद्यःप्रसूता है, बहुत भूखी होगी।"

यह विचार आते ही, सुष्मिता और मिलिंद दोनों हड़बड़ाते हुए से अंदर दौड़े। पिछले दिन शिव रात्रि का उपवास था, इस कारण घर में न बची हुई रोटी थी और न बेकरी वाली ब्रेड।

"अब! इसे क्या खिलाओगी?"

"आप घबराइये नहीं, मुझे थोड़ा समय तो दीजिये, सोचने के लिए।"

सुष्मिता ने जल्दी-जल्दी एक पुराने अखबार को टेबल पर फैलाकर उस पर रखे चार केले, फ्रिज में रखा मिल्क केक, एक दिन पहले के प्रसाद के पेड़े और बचे हुए मखाने। ये सारा सामान, पुराने रद्दी पेपर (समाचार पत्र) पर रखा और जल्दी से बाहर आकर उसे 'श्यामा' के सामने रख दिया। 'श्यामा', जैसे बरसों की भूखी रही हो, इस अंदाज़ में, उस पर टूट पड़ी और फटाफट उसने सब खा लिया था। बछड़ा बेचारा, उसके कमज़ोर पैर उसका भार नहीं ले पा रहे थे, शायद इसलिए थक कर वहीं बैठ गया था।

श्यामा की भूख का अंदाज़ा लगाकर मिलिंद ने कहा,

"इतने कम खाने से इसका पेट क्या भरेगा? लगता है दलिया बनाना होगा।"

सुष्मिता ने दलिये का पैकेट निकाला। पहले सोचा कि कुकर में पका लूँ। लेकिन फिर सोचा कि कुकर ठण्डा होने में टाइम ले लेगा। इसलिये कढ़ाई में ही जल्दी-जल्दी आधा पैकेट दलिया भूनकर, उसमें पानी डाल दिया था।

"अरे, गुड़ तो है ही नहीं।"

"चलो चीनी ही सही।"

सुष्मिता गरम-गरम दलिये को चौड़े, काले फ्राइ पैन में पलट कर बाहर लेकर गई थी।

"अरे बड़ा गरम है।"

''श्यामा', आराम-आराम से खाना, बहुत गरम है।"

लेकिन 'श्यामा' को इतना सब्र कहाँ था? वह अपनी जीभ से चाट-चाटकर, फटाफट सारा दलिया खा गयी और सुष्मिता फिर से किचन में चली कि जो दलिया बचा हुआ था, उसे बना लाऊँ। दलिया बनाकर, सुष्मिता ने माली को पकड़ाया। माली ने वह दलिया भी 'श्यामा' के सामने रख दिया।

आधे-पौन घंटे बाद माली अपना रोज़ का काम निपटा कर चला गया था और तभी न जाने कहाँ से दो तीन कुत्तों की फ़ौज आ गयी और बार-बार बछड़े के पास जाकर उसे परेशान करने लगी। कुत्तों के ऐसे बर्ताव से अभी अनजान नवजात बछड़ा कुछ भयभीत सा सिकुड़ता जा रहा था और 'श्यामा' अपनी गरदन हिला-हिलाकर उनको भगाने की कोशिश कर रही थी। इन स्ट्रीट डॉग्स (गली के कुत्तों) से बछड़े की रक्षा करना, सुष्मिता को भी भारी जान पड़ा। वह डर भी रही थी, कि कहीं इन कुत्तों ने उसे ही काट लिया तो?

नवजात बछड़ा, उन कुत्तों से ख़ुद को बचाने के लिये थोड़ा पीछे हटकर सामने वाली दीवाल के किनारे तक जा पहुँचा। लेकिन कमज़ोर तो था ही, बहुत ज्यादा देर खड़ा न रह सका और लड़खड़ाकर वहाँ पड़ी, पीली पत्तियों के ढेर पर बैठ गया था।

इधर सुबह उठते से ही होने वाली इस अप्रत्याशित भागदौड़ से सुष्मिता भी बहुत थक गयी थी। उसका दिल और शिराओं में बहता रक्त, सन-सन कर रहा था और वह पस्त होकर थोड़ा आराम करने के लिये, बेडरूम में जाकर रज़ाई ओढ़कर लेट गयी। अचानक, न जाने कहाँ से, आकाश में काले-काले बादल घिर आये। बादलों की गड़गड़ाहट और बिजली की चमक से मन सहम-सहम जाता था। बसंत के मौसम में, न जाने कहाँ से ये बेमौसम बारिश आ टपकी? लेटे-लेटे, सुष्मिता के हृदय से स्वतः ही प्रार्थना के स्वर फूट पड़े कि,

"हे राम! कहीं तेज़ पानी न बरसे। ये नन्हा सा बछड़ा और उसकी कमजोर माँ भीग जायेंगे। उनके लिये, इस अवस्था में, ये ठीक नहीं होगा।"

लेकिन भगवान तक उसकी पुकार पहुँच पाती उसके पहले ही पानी धड़धड़ाकर ख़ूब तेज़ बरसा। थकान से हलाकान सुष्मिता, ज़बरदस्ती

उठकर बाहर गयी तो देखा कि 'श्यामा', बछड़े को पानी की मार से किसी तरह बचाने का प्रयास करती, स्वयं तेज पानी में भीगती हुई खड़ी थी। बछड़े को पानी की मार से बचाने के लिए, ममतामयी 'श्यामा' ने अपनी काली लम्बी गरदन, अपने बच्चे के ऊपर फैला रखी थी।

हाल की जच्चा 'श्यामा' रात भर असीम प्रसव पीड़ा में तड़पी होगी। तेज़ पानी की बौछार उसके काले, चिकने बदन पर पड़ रही थी। सुष्मिता सिहर उठी, माँ का ये रूप। अपने नवजात शिशु को बचाने के लिये पानी में भीग रही है। कहीं बुखार ना हो जाये। हाय! कहीं इस नादान भोले शिशु को कुछ हो न जाये। सुष्मिता का मन और शरीर भय से काँप उठा। क्या करूँ, कैसे इनकी मदद करूँ? तभी न जाने कहाँ से, आस-पड़ोस के घरों में रोज़ाना सुबह का काम करने निकली नीतू, गीली टप-टप टपकती, नीली साड़ी पहनी आ गयी थी।

"अरे! दीदी इतना छोटा गाय का बच्चा। इसे कुछ ओढ़ा देते है।"

सुष्मिता की सहमति पाकर नीतू, किचन में रखे एक पुराने, मोटे पर्दे को उठाकर ले गई और उस नवजात बछड़े को ढँक दिया था।

लेकिन सुष्मिता को लगा कि शायद यह पर्याप्त नहीं होगा और अनायास ही उसके मुँह से निकला

"अरे नीतू! ये तो कम पड़ेगा।"

तुरंत ही सुष्मिता ने नीतू को एक और मोटा, हल्के सुनहरे रंग का, खादी का पर्दा दिया। नीतू ने दूसरा पर्दा भी उसी पर्दे के ऊपर को डाल दिया जिसे वह पहले डाल चुकी थी। बच्चे की ओर से निश्चिंत होकर, और ठण्डे पानी की मार से सहम कर, 'श्यामा' बोगन बेलिया की घनी झाड़ी के नीचे छिप गयी थी। नीतू के द्वारा ओढ़ाये सुनहरे पर्दे में, नवजात बछड़ा दुबका बैठा था। केवल उसका चेहरा दिख रहा था। एक बदतमीज़ कुत्ता बार-बार उसके चेहरे को छूने की कोशिश कर रहा था। तभी, बरसते पानी में, पड़ोस की एक लम्बी-चौड़ी आंटी हाथ में मोटा डंडा लिये आयीं,

"मैं बहुत देर से इसको देख रही थी। कितना तंग कर रहा है।"

उन्होंने हट-हट करके कुत्ते को भगाया। स्नेह में डूबे उनके चेहरे से पानी की बूँदे टप-टप टपक रही थी। सीधे पल्ले की सूती साड़ी। खिचड़ी

बाल और एक चोटी। सुष्मिता उनसे परिचित तो नहीं थी, लेकिन उनकी चेष्टाओं से समझ गई थी कि वह आंटी शायद कभी किसी गाँव में रह चुकी होंगी या गाय पाल चुकी होंगी। कुत्ते ने बछड़े के ऊपर से, खादी के पर्दे को खींच दिया था, उन्होंने वह पर्दा दोबारा बछड़े को ओढ़ा दिया। सुष्मिता ने उनसे कहा कि,

"आंटी! क्या आप इस बछड़े को उठाकर, बोगनबेलिया की छाया में रख सकती है?"

"क्या गाय रखने देगी?" वे बोलीं।

फिर परदे को हटाकर, उन्होंने बच्चे को उठाने की कोशिश की, किन्तु वह हाथ से फिसल गया। उन्होंने दोबारा उसे गोदी में समेटा, और इस बार वे सफल रहीं, वह उनकी गोदी में आ गया। फौरन उन्होंने उस बछड़े को बोगनबेलिया की घनी झाड़ी की छाया में रखा। उस समय वो आंटी भी बड़ी ही ममता से भरी लग रही थीं । शायद 'श्यामा' भी समझ गयी थी कि वे उसी की मदद कर रही हैं।

आंटी ने वापस बछड़े को पर्दा ओढ़ा दिया। अब 'श्यामा' और बछड़ा दोनों ही शांति से बैठे थे। दुबके हुए बछड़े ने अपनी गरदन उठायी और अपनी भोली सी आँखों से इधर-उधर देखने लगा। उसके कान भी सजग होकर खड़े हो गये। सुष्मिता को भी शान्ति मिली। उसने सोचा कि अब मेघों को, जितना बरसना हो, बरसें श्यामा और उसका बछड़ा अब सुरक्षित है। उसने आंटी को धन्यवाद देते हुए कहा,

"थैंक यू, आंटी, आपने बहुत मदद की है।"

"अरे, हम उसकी पीड़ा नहीं समझेंगे तो कौन समझेगा?"

कहती हुई वे मुस्कुराती सी अपने घर की ओर चली गयीं।

इस बीच नीतू भी गाय और उसके बछड़े को सुरक्षित देखकर बहुत उत्साहित हो रही थी। वह जल्दी से कुछ रोटियाँ सेंक कर ले गई और 'श्यामा' को खिला आई।

अब सुष्मिता उस गाय की ओर से पूरी तरह से निश्चिंत हो गयी थी। नहाने-धोने, पूजा करने के बाद, जब लगभग दो घंटे बाद हाथ में दो रोटी लेकर, वह फिर से बाहर निकली तो सुनहरी धूप खिली हुई थी। 'श्यामा' उसके घर के गार्डन की हेज के पास, शान्ति से बैठी हुई थी

और उसका सुनहरा, भोला, शिशु गहरी नींद में सो रहा था। 'श्यामा' ने चुपचाप, मेरी प्रेम में पगी रोटियाँ खायीं और बहुत ही कृतज्ञता पूर्वक सुष्मिता की ओर देखा।

एक बदतमीज़ कुत्ता ज़रूर अभी भी उनको तंग करने का प्रयास करता हुआ आसपास घूम रहा था। सामने के सरकारी क्वार्टरों में रहने वाली नीरजा, बार-बार उसको भगा रही थी।

सुबह की तकलीफ़देह, बेमौसम, बारिश के बाद निकली सूरज की चमकती धूप 'श्यामा' और उसके नवजात बछड़े को आवश्यक, पर्याप्त गर्मी पहुँचा रही थी। देर दोपहर बाद सुष्मिता ने बाहर जाकर देखा, एक और दूसरी काली गाय उनके पास उनकी सुरक्षा के लिये बैठी थी। सुष्मिता सोचने लगी वाह रे ईश्वर! तेरी लीला कैसी न्यारी है। न डॉक्टर, न ऑपरेशन थियेटर, न नर्स और इस 'श्यामा' ने सड़क के किनारे, सूखी पत्तियों पर बिना किसी की सहायता के ही बच्चे को जन्म दे दिया था और मातृत्व प्राप्ति की इस कठिन घड़ी में, श्यामा को उसी की साथिन से उचित सांत्वना और स्नेह मिल सके इसकी भी व्यवस्था ईश्वर ने कर दी थी।

शाम चार बजे, 'श्यामा' न जाने कहाँ चली गयी? घर में काम करने वाली मेड ने सुष्मिता को बताया कि पास में रहने वाली एक आंटी, जो गाय पालती हैं, तीन चार आदमियों के साथ आकर उसे ले गयीं। सुष्मिता ने एक राहत भरी साँस ली कि चलो अब 'श्यामा' और उसके बछड़े को सड़क के आवारा कुत्ते तंग नहीं कर पाएंगे।

अगले दिन सुष्मिता ने देखा कि 'श्यामा' सामने की सड़क पर घास और पत्ते खा रही है और साथ में उसका नवजात शिशु भी माँ के थन से ठुमक-ठुमक कर दूध पी रहा था। ऐसा लग रहा था जैसे साक्षात् वृंदावन उसकी नज़रों के सामने आ गया हो। गाय, बछड़ा और उनके पीछे खड़े अदृश्य भगवान् श्रीकृष्ण। सुष्मिता का दिल अद्भुत आनंद से भर उठा था और उस घड़ी सुष्मिता को ऐसा लग रहा था कि जैसे स्वयं श्रीकृष्ण की बाँसुरी की स्वर लहरियाँ, वातावरण में गुंजायमान हो उठी हों।

☙

6.

स्नोई

वो एक मूक जानवर होते हुए भी सरला की बहुत प्यारी, बहुत अच्छी सहेली थी । अकेलेपन के उन दिनों में जब सरला के दोनों बच्चे पढ़ने बाहर चले गये थे, उसने सरला का साथ निभाया। सरला ऑफिस से लौटकर आती, तो वो दौड़कर गेट तक आती। सरला को लगता था कि कोई है, जो घर में उसका इंतजार कर रहा है।

जब सरला शाम को किचन में काम करती, तो वो जाली के दरवाज़े के बाहर बैठी रहती। उसकी निगाहें, एकटक सरला को देखती रहतीं। उसकी बड़ी-बड़ी आँखों में सरला के लिये ज़बरदस्त फैसीनेशन सा रहता। ऐसा लगता, जैसे वो बरसों से सरला को जानती हो, या सरला और उसका कोई पिछले जन्म का रिश्ता है। खाना बनाते-बनाते, सरला उससे कुछ बातें करती जाती और वो हूँ-हूँ करके जवाब देती जाती। कभी-कभी बहुत ही मीठी आवाज़ में "म्याऊँ-म्याऊँ" बोलती।

वो एक बहुत ही सुंदर बिल्ली थी। एकदम सफ़ेद, हरी-हरी आँखें और खड़े हुए सफ़ेद कान। अकसर सरला के दिल में आता कि उसके कानों में यदि लाल रिबन बाँध दिये जायें, तो वो स्कूल गोइंग गर्ल लगने लगेगी। कई बार सरला की बिटिया सविता ने उसके गले में लाल रंग का रिबन बाँधने की कोशिश की, लेकिन स्नोई ने उसे कभी ऐसा करने ही नहीं दिया। तेज़ी से गर्दन हिला-हिलाकर सिर को इधर-उधर कर लेती थी।

जब सरला का परिवार अपने नव-निर्मित घर में शिफ़्ट हुआ था, तो उसकी बिटिया सविता अचानक ही बहुत अकेली पड़ गयी थी। इससे पहले जहाँ वे लोग अब तक रहते आये थे, उस सरकारी कॉलोनी में, उसे ढेर सारे हमउम्र बच्चों का साथ मिला हुआ था। लेकिन यहाँ, इस नई बस्ती में आकर, सविता को एकाएक आया अकेलापन खलने लगा था। कभी वो ज़िद करती, मम्मा! तोता पाल लो, कभी कहती खरगोश पाल लो। एक बार, वो सड़क से कुत्ते के एक छोटे से बेआसरा पिल्ले को भी उठा लायी। जिसे उसने पापा की निगाह से बचाकर, किसी तरह रात भर बाहर के बरामदे में रखा, लेकिन रात भर उसकी उल्टियों और पॉटी से परेशान होकर, अगले दिन ही उसे वापस सड़क पर छोड़ दिया गया था। एक ही रात में सविता को इतना समझ में आ गया था कि किसी भी जानवर के छोटे बच्चे को पालना, उसके बस की बात नहीं थी।

कुछ दिनों बाद ही सविता को आँगन में पीछे की दीवार पर बैठा, छोटा सा बिल्ली का बच्चा दिखायी दे गया। एकदम सफ़ेद लेकिन दुबला पतला। उसकी आँखों में बिल्लीवाली कनिंगनेस (चालाकी) नहीं दिखी थी। सविता ने उसको पुचकार के, अपने पास बुलाया। वो डरकर एक कोने में छिप गया। तब सविता ने किचन में बेकार पड़ी एक टूटी किनारे वाली कटोरी ली और उसमें थोड़ा सा दूध डालकर बाहर रख दिया। फिर वह दरवाजे की ओट से छिपकर देखने लगी। वो सफ़ेद बच्चा डरता, सहमता आया और कटोरी से दूध पीने लगा। अब सविता का, ये रोज़ का खेल हो गया। वो रोज़ कटोरी में दूध भरकर रख देती और वो बिल्ली का बच्चा डरता, सहमता आकर दूध पी लेता। उसके बर्फ़ जैसे सफ़ेद रंग के कारण उसने उसका नाम "स्नोई" रख दिया। स्नो (बर्फ़) जैसी सफ़ेद और सुंदर।

जल्दी ही सविता और स्नोई की दोस्ती हो गयी। अकसर सविता उसको गोदी में बैठा लेती और सीढ़ियों पर बैठकर खेलती। बस उसे यही डर लगता कि कहीं पापा देख लेंगे, तो गुस्सा होंगे। उसके पापा को पालतू जानवरों से सख़्त नफ़रत थी। कभी वे सविता को स्नोई से खेलते देख लेते, तो नाराज होते और कहते,

"अरे इनके बालों में तरह-तरह के छोटे-छोटे कीड़े रहते हैं जिनसे बहुत से रोग हो सकते हैं। इसको गोदी में मत उठाया करो।"

लेकिन पापा के जाते ही सविता फिर उसे गोद में उठा लेती।

समय गुजरता गया। स्नोई अब कुछ लम्बी और बड़ी सी हो गयी लेकिन उसकी आँखों में वही भोली चमक थी। धीरे-धीरे, घर के सभी लोगों को उससे प्यार-सा हो गया। अब दूध के साथ एक घी लगी रोटी भी उसके दूध में मसली जाती। वो किचन के जाली के दरवाजे के बाहर बैठी रहती और किसी को भी बाहर निकलना होता तो पहले स्नोई को हटाना पड़ता। कई बार जल्दबाज़ी में जाली के दरवाजे की चोट भी उसको लग जाती लेकिन वो चूँ भी नहीं करती।

गर्मी के मौसम में वह पोर्च में खड़ी कार के नीचे सोती थी। सुबह जब सरला चाय बनाने जाती तो स्नोई की कटोरी में दूध और रोटी डालती। हर दो तीन घंटे में उसे भूख लगती और वो किचन के दरवाजे पर आकर "म्याउँ" करती। जाड़ों की हल्की धूप में, वो आँगन में सोती रहती और कभी गार्डन की मिट्टी में लोट लगाकर आ जाती। एक दिन सविता का स्नोई को साफ़ करने का बड़ा मूड बना। कहने लगी कि,

"मम्मा! स्नोई बहुत गंदी हो गयी है, इसको नहला दें।"

सविता ने उसको पेट से पकड़ा और सरला ने पाइप से उस पर पानी डाला। स्नोई तड़फड़ा कर भागने को तैयार। सविता शैंपू हाथ में लेकर उसको नहलाना चाहती थी, लेकिन आधी-अधूरी नहाते-नहाते ही वो उसकी पकड़ से छूटकर भाग गयी। घबराहट भरी भागदौड़ में मिट्टी में गिरती-पड़ती लोटपोट होकर, वह और अधिक मटमैली और बदरंग लगने लगी। इसी छीना झपटी में उसका पंजा सविता के हाथ में लग गया। स्नोई तो क्या नहायी, सविता को जरूर एण्टी रैबीज़ इंजेक्शन लगवाना पड़ा। उसके बाद से उन्होंने स्नोई को कभी नहीं नहलाया।

कुछ दिन बाद पता चला कि स्नोई माँ बनने वाली है। उसके कुछ-कुछ फूले पेट और बढ़ी हुई दुग्ध ग्रंथियों को देखकर सरला को लगा कि जल्दी ही वो नये जीव को जन्म देने वाली है। सरला को आश्चर्य हो रहा था कि अभी तो वो खुद मुश्किल से ढाई साल की है, वो बच्चे को कैसे जन्म दे सकती है? लेकिन, शायद ढाई साल की बिल्ली भी युवावस्था को प्राप्त हो जाती होगी। सरला को कभी-कभी उसका साथी भी दिखता। एकदम काला, साथ ही एक आँख से काना और ऊपर से उसका एक कान भी कटा हुआ था। कुल मिलाकर देखने में बहुत बेहूदा लगता। सरला सोचती कि अरे! स्नोई को इससे सुंदर बिल्ला नहीं मिला। बहरहाल, अब तो वही अकसर स्नोई के आसपास दिखाई देता। सरला ने उसका नाम मुन्ना भाई रख दिया। लेकिन मुन्ना भाई, स्नोई का बहुत ध्यान रखता और दूसरे किसी बिल्ले को स्नोई के पास फटकने भी नहीं देता।

एक दिन सरला छत पर टहल रही थी। स्नोई ऊपर छत पर आ गयी और सरला के चारों ओर घूमने लगी। अगर सरला मुंडेर के पास खड़ी होती तो वो मुंडेर पर बैठ जाती। सरला सीमेंट के बने स्टूल पर बैठती, तो स्नोई सरला की गोदी में आने की कोशिश करती। जैसे वो सरला से कुछ कहना चाह रही हो।

अगले दिन सरला को स्नोई दिखाई नहीं दी। जब एक दिन सबेरे वो वापस आयी तो उसका पेट पिचका हुआ था, अर्थात् उसने छोटे-छोटे जीवों को कहीं जन्म दे दिया था। अब सरला समझ पाई, कि उस दिन शायद वो अपनी व्यथा को ही सरला को बताना चाहती थी। अज्ञात का भय और प्यार भरे स्पर्श की चाहत ही उसे सरला की ओर खींच लाई होगी।

समय बीतता गया दो तीन महीने बाद स्नोई ने जाली के दरवाजे के पास आकर बड़े प्यार से "म्याऊँ" बोला। सरला को लगा पीछे कोई छोटा जीव है, जो अपनी भोली-भोली आँखों से उसे देख रहा है। हाँ, वो स्नोई का बच्चा था। उसका चेहरा तो स्नोई जैसा ही मासूम था, लेकिन रंग मुन्ना भाई जैसा काला चितकबरा। स्नोई, सरला को अपना बेबी ऐसे दिखाने लाई थी जैसे कहना चाहती हो कि, "देखो! आपके लिए कितना सुंदर गिफ्ट लाई हूँ।"

स्नोई के उस बच्चे का नाम सरला ने 'ब्लैकी' रख दिया। अब स्नोई की कटोरी में ब्लैकी भी दूध रोटी खाने लगा। स्नोई, अब मैच्योर ममा सी लगने लगी थी। वो ब्लैकी का बड़ा ध्यान रखती, उसको दूध पिलाती, जीभ से चाट-चाट कर उसके शरीर को साफ़ करती और बड़े प्यार से अपनी पूँछ हिला-हिलाकर उसके साथ खेलती। वो बच्चा कभी स्नोई के पीछे छुप जाता, कभी उसकी पूँछ पर बैठ जाता। जीभ से चाट-चाटकर ही वो अपना अनन्य प्रेम दर्शाती थी।

अब स्नोई को खेलने के लिये भी एक साथी मिल गया। वो गार्डन में जाड़े की हल्की धूप में उछल-उछलकर उसके साथ खेलती। सरला और उसकी बिटिया, उन दोनों का खेल देखते रहते। माँ, बेटी की वो अद्भुत दुनिया थी। स्नोई कभी भी अपने मेल बच्चे को लेकर नहीं आयी। कहते हैं कि अपना वर्चस्व बनाये रखने के लिये बिल्ला सब नर संतानों को मार डालता है। इसमें कितना सच है ये तो पता नहीं, लेकिन उस कॉलोनी में इतनी सारी बिल्लियों के बीच सिर्फ़ एक या दो ही नर दिखाई देते थे।

मुन्ना भाई के अलावा, एक सफ़ेद बहुत सुंदर सा मोटा तगड़ा बिल्ला था। जो स्नोई का जुड़वाँ भाई लगता था। एक बार जब वो छोटा था सरला और उसकी बिटिया ने उससे दोस्ती करने की कोशिश की थी तो उसने दूध के कटोरे के लालच में सरला के कँधे तक चढ़ने की कोशिश की। तब से सरला ने उससे दूरी बना ली और जैसे ही वो दिखता, उसे भगा दिया जाता।

बिल्ले-बिल्लियाँ पानी से बहुत डरते हैं, उनको भगाने का सबसे अच्छा तरीका है कि दो-तीन मग पानी उन पर उछाल दिया जाये। अकसर जब बिल्ले कार के नीचे छुपकर मेंटिंग साउण्ड्स निकालते, तो सरला के पति उन्हें पानी डालकर ही भगाते थे। घर के बाहर का गार्डन उन बिल्लों के लिये लव मेकिंग स्पॉट था। अकसर ही बिल्ले स्नोई के पीछे घूमते दिख जाते। कभी लंपट लड़कों की ही तरह छुपकर स्नोई को दूर से देखते। कई बार उन लंपट बिल्लों से स्नोई को बचाना भी पड़ता था। उनको देखकर लगता था कि शायद सभी प्राणियों में नर की मानसिकता एक जैसी होती है। मादा के पीछे भागता नर। चाहे वो बिल्ली के पीछे पड़ा बिल्ला हो या गाय के पीछे दौड़ता सांड।

कई बार जब ये बिल्ले-बिल्लियाँ घर के चारों ओर अजीब-अजीब आवाजें निकालकर शोर मचाने लगते, तो वे आवाज़ें न सिर्फ़ सुनने में गंदी लगती बल्कि कभी-कभी अजीब सा डर सा लगने लगता। तब इनको ज़बरदस्ती जैसे तैसे डराकर भगाना पड़ता।

स्नोई अपने बच्चों को लेकर बड़ी प्रोटेक्टिव थी। यदि कोई बिल्ला या कोई भी जानवर उसकी ओर आता तो अपनी पूँछ के बाल फुला लेती और बराबरी से लड़ती। अब स्नोई बहुधा एक या दो बच्चों को लेकर आने लगी। अपने बच्चों का वो बड़ा ध्यान रखती, उनको चाट-चाटकर साफ़ करती और उन्हें बिल्कुल साफ़ सुथरा रखती। अपने हिस्से की दूध-रोटी भी उनको खिला देती। माँ की ममता, चाहे वो पशु हों या पक्षी, सब में बराबर दिखाई देती है।

स्नोई अपने बच्चों की तुलना में बहुत बड़ी सी लगने लगी थी। वो और उसके दोनों-तीनों बच्चे जाली के दरवाजे पर बैठे रहते और अपनी भोली-भोली आँखों से ताकते हुए, दूध-रोटी का इंतज़ार करते रहते। सरला, सरला के बच्चे और उनके घर में काम करनेवाली मेड सर्वेंट, सब उन्हें दूध-रोटी खिलाते रहते।

अब स्नोई अक्सर अपने छोटे बच्चों को वहाँ बैठाकर, काले बिल्ले के साथ उड़न-छू हो जाती। तब वे लोग यही सोचते कि स्नोई को ये काला बदसूरत सा बिल्ला ही क्यों पसंद आया? इसीलिये उसके सारे बच्चे काले-सफ़ेद, चितकबरे से होते।

उसके बच्चों में एक लगातार चिउँ-चिउँ बोलता रहता। उसके लगातार आवाज़ करने से सरला और उसके घर के लोग तंग हो जाते। बाद में, पता नहीं वो धीरे से कहाँ गायब हो गया। जब वह लौटा तब शायद उसने चूहे मारने वाली दवा खाया हुआ ज़हरीला चूहा खा लिया था। वो दो तीन दिन डगमगाता सा चला और फिर ग़ायब हो गया।

एक बार उसका एक बच्चा ग़लती से घर से बाहर निकल गया और सड़क के आवारा कुत्तों ने उस अबोध नाज़ुक जानवर को मार डाला। शाम को ऑफिस से लौटकर सरला ने देखा उसका मृत शरीर खुली आँखों से बाहर पड़ा था। उन खुली आँखों में, अजीब सा इंतज़ार था। शायद वो आखिरी समय तक सरला और उसके घर के दूसरे लोगों का इंतजार कर रहा था कि वे कहीं से वे लोग उसे बचाने आ जायें।

वस्तुस्थिति में म्युनिसिपैलिटी का सफ़ाई कर्मचारी उसे अपनी गाड़ी में कूड़े के ढेर में डाल कर ले गया था, लेकिन सरला ने तो हमेशा आख़िरी सफ़र पर जाते हुए लोगों को फूलों से लदा ही देखा था। आज भी उसने यही कल्पना की कि जैसे बिल्ली का वह निरीह मृत बच्चा अपनी अंतिम यात्रा में फूलों से लदा जा रहा हो और जाते-जाते उससे कह रहा हो, टाटा!

कई दिनों तक वो दृश्य सरला की आँखों के सामने घूमता रहा। स्नोई भी बौराई सी बच्चे को ढूँढती रही थी। एक बच्चा जो स्नोई के रंग का सफ़ेद था, शायद घर के बाहर की बड़ी नाली में गिर कर ख़त्म हो गया था।

कुछ दिनों बाद, काना मुन्ना भाई भी दिखना बंद हो गया। शायद वो भी स्वर्ग सिधार गया होगा। उसके न रहने पर स्नोई की, दूसरे किसी बिल्ले से दोस्ती हो गयी होगी।

इस बार स्नोई ने इकट्ठे छ: बच्चों को जन्म दिया। उनमें से चार चितकबरे और दो नाज़ुक से सफ़ेद थे। शुरू में तो उसके बच्चे बड़े प्यारे लगते और दो-तीन कटोरियों में सरला उनको दूध दे देती। बाहर लॉन में स्नोई अपने बच्चों के साथ खेलती रहती और सविता तथा सरला उनकी बाल लीलाओं को देखते रहते। लेकिन धीरे-धीरे उन्होंने तंग करना शुरू कर दिया। दूध-रोटी खा-खाकर मोटे-तगड़े हो गये थे और कभी इधर से म्याऊँ कभी उधर से। जब वे स्नोई के साथ, घर में घुसने की कोशिश करने लगे, तो सरला परेशान हो गई। आँखें भी बंद करती, तो भी उसे बिल्ली के बच्चे ही दिखाई देने लगते।

सरला के पति ने कहा, अब इन्हें दूध रोटी डालना बंद करो। जब खाना मिलना बंद हो जायेगा, तो अपने आप कहीं और भाग जायेंगे। सरला ने वही किया। स्नोई बौराई सी इधर उधर घूमती और बड़ी आशा से जाली के दरवाजे के उस पार से देखती रहती। बच्चे उसे तंग करते और वो चिढ़ने सी लगती। ख़ुराक में कमी होने से उसका शरीर कमज़ोर दिखाई देने लगा, आँखों का आकर्षण घट गया और उसका शरीर धूल-धूसरित रहने लगा। सरला का मन अंदर से कचोटता, बहुत दुखी होता लेकिन छ:-छ: बिल्लियों को दूध पिलाना हो तो एक-डेढ़ लीटर दूध तो उसमें ही खर्च हो जायेगा।

इसी बीच में, सरला को सपरिवार मद्रास जाना पड़ा कुछ दिनों के लिये। जब तक वे लोग लौटकर आये, स्नोई और उसके बच्चे उनके घर का पता भूल चुके थे। शायद उन्हें किसी दूसरी जगह पर भोजन की व्यवस्था कर लेने में सफलता मिल गई थी और ऐसा लग रहा था कि सरला के घर के सामने की सरकारी कॉलोनी में बने सर्वेंट क्वार्टर्स में उन्होंने अपना डेरा बना लिया था।

अब तो साल भर से अधिक हो गया, दिखाई भी नहीं देती। हाँ, उसके गोरे और चितकबरे बच्चे, कभी-कभार सामने की सरकारी कॉलोनी की बाहरी दीवारों पर घूमते-फिरते दिखाई दे जाते। एक चितकबरा, कभी-कभी घर में घुसने की कोशिश भी करता, लेकिन इस बार, सरला ने उसको लिफ़्ट नहीं दी।

अभी भी सरला को स्नोई की बहुत याद आती है। पता नहीं, वो इस संसार में है भी या नहीं? उसकी हरी-हरी आँखें और भोला-भाला चेहरा अभी भी बहुत याद आता है। उसने कभी नुकसान नहीं पहुँचाया। कभी चोरी से दूध नहीं पिया। शायद कोई पवित्र आत्मा रही होगी, जो बिल्ली का शरीर धारण कर आयी थी। कौन जाने, उसे या तो मोक्ष मिल गया हो या वह और कहीं, एक श्वेत-धवल गाय के रूप में धरती पर विचर रही हो।

7.
गोल चौराहा

अखिल जी एक गोल चौराहे पर खड़े थे। चारों ओर सड़कें जा रही हैं, लम्बी-चौड़ी और चिकनी। अभी-अभी इंडियन सेंटर से आई बस, उन्हें यहाँ छोड़कर गयी थी। हमेशा वे स्टेशन जाने वाली सड़क पहचान लेते थे। लेकिन आज दिमाग जैसे शून्य सा हो गया था। उन्हें कुछ भी याद नहीं आ रहा है कि वे कहाँ हैं और उन्हें मेट्रो स्टेशन जाने के लिये कौन सी सड़क पर जाना है या किस ओर जाना है? आज उन्हें हो क्या गया है? क्या उनका ब्लड शुगर लेवल डाउन (रक्त शर्करा का स्तर) हो गया है? कुछ परेशान, कुछ खोये-खोये से, वे लड़खड़ाकर धम्म से वहीं बस स्टॉप के पास में लगी एक बैंच पर बैठ गये थे। किससे पूछते? दूर-दूर तक न कोई आदमी, न कोई आदम ज़ात।

अरे सेल फ़ोन कहाँ है? फ़ोन शायद ज़मीन पर गिर गया था। इधर काफ़ी दिनों से उनकी नज़र भी साफ़ नहीं रही थी, बहुत धुंधला गई थी। बढ़ती उम्र की वजह से अब उन्हें झुकने में भी परेशानी होने लगी थी, लेकिन चारा ही क्या था? उन्होंने झुककर, टटोलकर फ़ोन उठाया और जैकेट की ऊपर की जेब में रखी टॉफ़ी निकालकर खायी। वे हमेशा अपनी जेब में टॉफियाँ रखते थे। क्या पता कहाँ शरीर धोखा दे जाये और शुगर लेवल डाउन हो जाये। धुँधली आँखों से, किसी तरह उन्होंने फ़ोन के स्पीड डायल में, बेटे का नंबर ढूँढ कर लगा लिया। भगवान् की दया से इतनी गनीमत रही कि बेटे का नाम उन्हें सही वक्त पर याद आ गया वरना कौन जाने क्या होता?

'पापा आप कहां है?'

'पता नहीं बेटा। रास्ता भूल गया हूँ।'

उन्होंने घबराई आवाज में कहा।

'ओ.के. डोंट वरी। चिन्ता मत कीजिये। आप अपनी लोकेशन शेयर कीजिये, मैं अभी पहुँचता हूँ।'

धुँधलायी आँखों से उन्होंने व्हाट्सअप पर अपनी लोकेशन शेयर की और ख़ुद को नियंत्रित और शांत रखने के उपक्रम में आँखें मूँद लीं। गुजरा हुआ कल, उनकी आँखों के सामने से गुजरने लगा था। भारत में, उनका अपना शहर होता, तो ऐसी दिक़्क़त होती क्या? कोई न कोई सब्ज़ीवाला, ठेले वाला, दुकान वाला या ऑटोवाला उनको पहचान लेता और रास्ता बता देता। कोई भला मानस उनको हाथ पकड़कर रास्ता पार करा देता, या घर तक पहुँचा देता। लेकिन यहाँ तो अनजान मुल्क, अनजान लोग। अगर कोई दिखाई दे भी जाता, तो भी क्या ही मदद कर पाता। जब उन्हें ख़ुद ही ये याद नहीं आ रहा था कि जाना कहाँ है? फिर भी, उन्होंने इधर-उधर नज़र दौड़ाई, इस आस में कि कहीं, कोई मददगार दिखाई दे जाये। लेकिन गहराती शाम के धुँधलके में दूर-दूर तक, सिवा कारों की चमकती हेडलाइट्स के, कुछ नज़र नहीं आ रहा था। बेटे के इंतज़ार में बैंच से पीठ टिकाये, आँखें बंद करके, चुपचाप बैठे रहने के अलावा अब चारा भी क्या था?

इस अस्सी साल से ऊपर की पकी उम्र में वो लम्बी इंटरनेशनल फ्लाइट लेकर सैनफ्रांसिस्को आते हैं। लखनऊ से दिल्ली, ट्रेन से और वहाँ

से इंदिरा गाँधी इंटरनेशनल एयरपोर्ट के टी-थ्री टर्मिनल से इंटरनेशनल फ्लाइट लेते हैं। विदेश जा बसे बच्चों का मोह, भारत में अकेले रहने की विवशता और ग्रीनकार्ड की समय-सीमा की वैधता बरक़रार रखने की बाध्यता, ये सब मिलकर उन्हें लगभग हर छः महीने के अंतराल पर बार-बार लम्बी फ्लाइट लेने को मजबूर करते।

दोनों बेटे यहाँ विदेश में है। पत्नी की मृत्यु के बाद, वहाँ अपने देश में इतने बड़े बँगले में वे अकेले रहते आये थे। ऊपर के दो कमरे किराये पर दे दिये थे और आउट हाउस में सर्वेंट और उसके बच्चे रहते थे। वही नेपाली दंपति उनका बहुत ध्यान रखते थे और बच्चों के समान उनकी सेवा करते।

मध्यम कद काठी, गोल गोरा चेहरा, हरी नीली आँखें और होंठों पर बच्चों की सी भोली मुस्कुराहट। बढ़ती उम्र के बावजूद उन्होंने ख़ुद को आजकल की इंटरनेट आधारित टेक्नोलॉजी से अपडेटेड रखा था। तभी तो ई-मेल, फेसबुक, व्हाट्सअप सब पर एक्टिव थे। लेकिन शरीर की बढ़ती कमज़ोरी से तो फिर भी इंसान मात खा ही जाता है। उससे बचने का कोई उपाय अभी तक तो उपलब्ध नहीं है। डगमग करके चलते पाँव, धुँधलायी सी आँखें और लगातार गिरती जा रही कमजोर श्रवण शक्ति के आगे लाचारी की हालत। न जाने कितनी देर वे इन्हीं ख़यालों में डूबते-उतराते रहे कि तभी अचानक उनकी तंद्रा भंग हुई।

'पापा' के संबोधन के साथ बेटे के मज़बूत हाथ, उनके कमज़ोर कंधों पर आ टिके थे। उसकी प्यार भरी कोमल आवाज़ सुनकर उन्होंने अपनी आँखें खोली। उन्होंने देखा कि शाम की हल्की रोशनी पर रात की कालिमा हावी हो चुकी थी। चारों ओर अंधेरा गहरा गया था। लेकिन उनका मज़बूत संबल, उनका अपना अंश, उनका छोटा बेटा उनके सामने खड़ा था।

कभी ख़ुद उन्होंने जिस नन्हे बच्चे के दो छोटे-छोटे हाथों को अपनी मज़बूत बाजुओं का सहारा दिया था, आज बदली हुई परिस्थितियों में बच्चे के हाथों ने उनका स्थान ग्रहण कर लिया था। उसने दोनों हाथों से थामकर, अब कमज़ोर हो चुके पापा को बड़ी सावधानी से उठाया और सीने से लगा लिया। बेटे को सहसा अपने इतना निकट पाकर, पिता की आँखें हर्षातिरेक से छलक आई थीं। जैसे बचपन में मेले में खो जाने के

डर से बच्चा अपने बाबूजी की अँगुली पकड़ लेता है, लगभग वैसे ही, उन्होंने बहुत मज़बूती से, ज़ोर से, बेटे का हाथ थाम लिया था। उनका हृदय ईश्वर के प्रति अगाध श्रद्धा से भर उठा। अपनी मातृभूमि से हज़ारों मील की दूरी पर, इस अनजान मुल्क में, उनका अपना अंश, सही वक्त पर उनका संबल बनकर, उनके पार्श्व में खड़ा था। ये उस सर्वशक्तिमान ईश्वर की असीम अनुकंपा ही तो थी।

8.

अनु

नलिनी का हवाई-जहाज़ गंतव्य की और बढ़ रहा था। हज़ारों मील का सफ़र करके वह अपने प्यारे भैया अनु और भाभी उपासना से मिलने जा रही थी। उनसे मिल कर, वह जीवन के यथार्थ से उठकर सपनों की दुनिया में खो जाएगी। वे सब साथ-साथ घूमेंगे-फिरेंगे, हँसेंगे, गायेंगे, मज़े करेंगे, और क्या?

तीन भाइयों के बीच की अकेली बहन और भारत में अकेली, एकाकी छूट गयी थी। एक-एक करके तीनों ने विदेश का रुख़ कर लिया था। शुरुआती कुछ सालों तक तो भाइयों की बात होते ही, नलिनी की आँखों में आँसू आ जाते थे, लेकिन धीरे-धीरे उसने अपने मन को समझा लिया था। भाइयों के दूर होने की व्यथा, उसे अब उतना नहीं सताती थी।

इस में कोई शक नहीं कि लाड़ली इकलौती बेटी होने के कारण नलिनी को माँ-बाप का भरपूर प्यार मिला। लेकिन, तीन-तीन भाइयों के होते हुए भी, जब बूढ़े माँ-बाप बीमार होते, तो उनकी बीमारी में, उनकी देखभाल के लिये नलिनी को फ़ौरन अपनी गृहस्थी छोड़कर, दौड़ के जाना पड़ता था, क्योंकि तीनों में से कोई भी अब भारत में था ही नहीं। उस समय उसे देश में भाइयों की कमी बहुत खलती और कभी-कभी उन पर क्रोध भी आता।

अनु, उसका सबसे छोटा भाई था, उम्र में उससे चार साल छोटा। इसलिये नलिनी को उसका बचपन, सपना सा याद है। दुबला-पतला गेहुँए रंग का अनु, मम्मी के हाथ के सिले रॉम्पर पहनकर घूमता रहता था। फूली-फूली सी पैंटी और उससे जुड़ा एप्रन। पर्पल और लेमन यलो। किसी पर मछली कढ़ी रहती और किसी पर गुब्बारे।

मम्मी अपने हाथों से सिले हुए कपड़े ही बच्चों को पहनाती थीं। मम्मी की हाथ की सिली फ़्रॉकों में, जहाँ नलिनी खिली-खिली दिखाई पड़ती, वहीं अनु भी बड़ा प्यारा लगता। नलिनी छोटे भाई को गुड़िया की

तरह सजा कर रखने की चेष्टा करती। कभी फ्रॉक पहना देती और कभी लहँगा। वो अपनी बड़ी-बड़ी आँखों की पलकें झपकाता और नासमझ नलिनी उसके माथे पर बिंदी और होंठों पर मम्मी की लिपस्टिक लगा देती। बहन की कमी को, नलिनी उसी से पूरा करती। उसके घुँघराले बालों में वह एक चोटी में बाँध देती और उसमें रिबन लगा देती। वो अपने भोले चेहरे से मुस्कुराता रहता।

बचपन में मुंडन के दिन का अनु का रोना नलिनी को अभी भी याद है। उसके काले घुँघराले बालों को उतारकर पीले कपड़े में लपेट दिया गया था।

"रामखिलावन, मेरे बाल ले गया", कहते हुए वह ज़ोर-ज़ोर से रो रहा था। रामखिलावन उन बालों को गंगा नदी में बहा आयेगा, यह जानकर अनु का रो-रोकर बुरा हाल था और उसके साथ नलिनी भी रो रही थी।

अब मैं किसके बालों की चोटी बनाऊँगी, किसको रिबन बाँधूँगी और किसे बिंदी लगाऊँगी?

थोड़ी देर बाद, नलिनी ने देखा कि पापा अनु की उँगली पकड़कर कॉलोनी की सड़कों पर टहल रहे थे। रोते-रोते उसकी आँखों के आँसू सूख गये थे और चेहरे पर आँसुओं के सूखने के निशान साफ़ नज़र आ रहे थे। उसने बहुत सुंदर ग्रीन कलर का गरम सूट और ग्रीन ही कैप पहनी थी, और पैरों में छोटे-छोटे जूते।

लेकिन धीरे-धीरे, जैसे-जैसे दोनों बड़े होते गये, उन दोनों की दुनिया अलग होती चली गयी। नलिनी अपनी सहेलियों में व्यस्त होती चली गयी और अनु, अपने से दो बरस बड़े भाई के साथ खेल-खेलकर, बड़ा होता रहा। दोनों भाइयों की उम्र में अंतर होने पर भी अनु के लम्बा होने के कारण, दोनों का कद, क़रीब-क़रीब बराबर था। बचपन कब गुज़र गया, कुछ पता ही नहीं चला।

बड़े और मँझले, दो भाइयों के होस्टल जाने के बाद, अनु और नलिनी, वे दो ही घर पर बचे थे। नलिनी को आज भी लगता है कि बड़ी होने के बाद उसकी उतनी अच्छी तरह से देखभाल नहीं कर पाई, जैसी एकदम छुटपन में करती थी। जब दूसरे चचेरे भाई बहन उसको चिढ़ाते, तब स्वभाव से ही सीधी और दब्बू होने के कारण, नलिनी उसको बचा नहीं पाती थी। कभी-कभी जब मम्मी को किसी ज़रूरी वजह से बाहर जाने की नौबत आती तो उनकी अनुपस्थिति में, वह कई बार देर तक सोती रह जाती और उस दिन स्कूल के लिए अनु का टिफ़िन नहीं बना पाती थी। इस बात का नलिनी को आज तक अफसोस है।

पढ़ाई की शुरूआत में तो अनु ने बहुत होशियारी नहीं दिखाई थी। हालांकि वह सामान्य औसत दर्जे के बच्चों से पढ़ाई में हमेशा बेहतर रहा, लेकिन घर में, पढ़ने के मामले में, उसे बड़े भाइयों और बहन से कम आँका जाता था, क्योंकि जब बाकी सब भाई-बहन क्लास में पहले नंबर पर आते, तो वह क्लास में आठवीं-नवीं रैंक लेकर आता।

दूसरी कक्षा में तो उसे बहुत कम नम्बर मिले थे। मम्मी परेशान, कि बच्चे के साथ इतनी मेहनत की थी फिर भी उसके नम्बर इतने कम

क्यों आये? ऐसा कैसे हो सकता है? मम्मी बड़े गुस्से में स्कूल पहुँची और टीचर से बोलीं,

"ये क्या मज़ाक है? अनु के इतने कम नंबर आ ही नहीं सकते।"

टीचर पहले चुप रहीं और फिर उन्होंने उसकी कॉपियाँ मम्मी को देखने के लिए दीं।

"लीजिये, मिसेज़ मेहता आप खुद ही पढ़ लीजिये।"

मम्मी ने देखा कि अनु ने अक्षर बहुत ही छोटे लिखे थे, जैसे चींटियाँ और कई जगह उनको पढ़ना कठिन ही था। उसके बाद मम्मी, टीचर से कुछ नहीं बोल सकी थीं।

लेकिन माँ-बाप का सबसे छोटा वह बच्चा, अनु भी बड़ा होकर बहुत मेधावी, मेहनती और ज़हीन निकला। ज्यों-ज्यों वह बड़ी कक्षाओं में आता गया, उसकी रैंक बेहतर होती रही और उसके बारे में पहले की ग़लतफ़हमी दूर होती चली गई।

चूँकि दोनों बड़े भाई पढ़ाई में बहुत होशियार निकले थे और प्रथम प्रयास में ही प्रतिष्ठित भारतीय प्रौद्योगिकी संस्थान (आई.आई.टी.) में चयनित हो गये थे, इस कारण उस छोटे भाई के दिमाग़ पर हमेशा बहुत बड़ा बोझ सा बना रहता था कि कहीं अगर मेरा सिलेक्शन (चयन) भी भारतीय प्रौद्योगिकी संस्थान में नहीं हुआ तो मेरा क्या होगा? सब मुझको चिढ़ायेंगे कि मैं अपने भाइयों जैसा होशियार नहीं हूँ। वह रात-रात भर बैठकर पढ़ता। डाइनिंग टेबल पर उसकी किताबें फैली रहती और बढ़े हुए बाल माथे पर बिखरे रहते, जिससे उसके बाल और भी ज़्यादा काले व घने नज़र आते थे।

आख़िरकार, उसकी मेहनत रंग लायी और बारहवीं कक्षा में उसने न केवल अपने स्कूल में टॉप किया बल्कि भारतीय प्रौद्योगिकी संस्थान की प्रवेश परीक्षा में पूरे भारत में तीन सौ पच्चीसवीं रैंक ले आया, जो बहुत ही प्रशंसनीय था। भारतीय प्रौद्योगिकी संस्थान और दूसरे बहुत से इंजीनियरिंग कॉलेजों में भी, उसका अच्छी रैंक के साथ सिलेक्शन हो गया था। लेकिन भारत के सबसे प्रतिष्ठित अभियांत्रिकी संस्थानों में से एक में दाख़िला तय हो जाने के बाद तो उससे कम दर्जे के दूसरे इंजीनियरिंग कॉलेजों के बारे में सोचने की तो आवश्यकता ही नहीं थी।

अब वह खिलता चला गया। लम्बा, पतला और गोरा रंग। बड़ी-बड़ी आँखें और भरे-भरे गाल और बचपना भरी हँसी। सब भाई बहनों में वही सबसे प्रैक्टिकल (व्यावहारिक) निकला। जहाँ बाकी भाई-बहन मानसिक कार्य अधिक कर लेते थे वो प्रैक्टिकल और घर के दैनिक ज़रूरी कामों में भी बड़ा होशियार था। बिजली का फ्यूज़ उड़ा हो या गैस खत्म हो गयी हो, ऐसे कामों को अनु आसानी से निपटा देता।

नलिनी की शादी में वह फायनल इयर में था और उसके एक्ज़ाम चल रहे थे। पढ़ाई की अधिकता और बदलते मौसम के कारण, उसे बुखार हो गया था। उस तपते बुखार में ही, उसने फ़ेरों (सप्तपदी) के समय, नलिनी के पीछे खड़े होकर, धान बोने की रस्म अदा की थी।

शादी के बाद नलिनी अपनी ससुराल और नये-नये दाम्पत्य जीवन के दायित्वों में उलझ कर, भाइयों को भूली-भूली सी हो गयी। तब एक बार वह रक्षा बंधन पर अनु नलिनी की ससुराल में बहन से मिलने पहुँचा। उस समय नलिनी को गर्भावस्था का आठवाँ महीना चल रहा था। केवल चौबीस घंटे के लिये आया था और उस दिन उसकी ट्रेन छ:-सात घंटे लेट हो गयी। उस दिन रक्षाबंधन होने के कारण, घरेलू काम करने आने वाली मेड ने की छुट्टी मना ली, ऊपर से, इत्तफ़ाक़न, हमेशा नियमित समय पर नल में आने वाला पानी, उस दिन गोल हो था।

नलिनी का फ्लैट दूसरी मंज़िल पर था। नल के न आने के कारण, पानी की दिक्क़त होना लाज़िमी था। लेकिन ऐसे मौकों पर कॉलोनी प्रबंधन द्वारा टैंकर से पानी की सप्लाय किये जाने की व्यवस्था ज़रूर की जाती थी। उस दिन भी यही हुआ। अनु मात्र चौबीस घंटे के लिये दीदी के घर आया था और उस अंतराल में भी उसे दीदी के घर कोई आराम नहीं मिला, बल्कि उसने वॉटर सप्लाय टैंकर से बाल्टियों में पानी भर-भर कर ऊपरी मंज़िल के दीदी के फ्लैट तक पहुंचवाया और आठवें महीने में गर्भ के बोझ से लदी बहन को झाड़ू लगाते और बरतन साफ़ करते देखता रहा।

उस रक्षाबंधन के दिन घर के लोग दिन भर किसी न किसी काम में उलझे रहे। यहाँ तक कि नलिनी, राखी भी अनु के जाने के महज आधे घंटे पहले ही बाँध पाई थी। उसके जाने के बाद जब नल आया और

ढेर सारा पानी बेकार में बहता रहा तो नलिनी के मन में एक टीस सी उठती रही, कि वॉटर सप्लाय लाइन के द्वारा फ्लैट में पानी की भरपूर सप्लाय होती थी। यहां तक ध्यान रखना पड़ता था कि पानी कहीं बेकार न बहने पाये। लेकिन भाई के उस अल्प प्रवास के उन्हीं चौबीस घंटों में ही पानी को ग़ायब होना था।

समय बीतता गया। दोनों बड़े भाइयों की शादी हो गयी। छोटे अनु ने कुछ दिन दिल्ली में एक नामी कंपनी में नौकरी की और फिर कंपनी के काम से विदेश चला गया। एक बार नलिनी थोड़ी सी देर के लिये उसके दिल्ली वाले घर में गयी थी। वहाँ वह चार दोस्तों के साथ रहा करता था। एकदम साफ-सुथरा घर और किचन में साफ़-सुथरे मेलमोवेयर के आधुनिक बरतन। शायद किसी गृहिणी का किचन भी इतना साफ़ नहीं देखा होगा।

अनु के विदेश जाने के पहले उससे शादी के लिये बहुत सी ख़ूबसूरत लड़कियों के ऑफर (प्रस्ताव) आ रहे थे, लेकिन एक बार उसके विदेश चले जाने के बाद, किसी से भी रिश्ता फायनल नहीं हो सका। विदेश में रहकर वह अपने कार्यक्षेत्र में प्रगति की सीढ़ियाँ चढ़ता चला गया। अपनी कंपनी में उसको पार्टनरशिप भी मिल गयी।

दो साल बाद जब वह, कुछ समय के लिये भारत आया तब फिर से कई लड़कियाँ उसके लिये देखी गईं। कोई सुंदर होती, तो उसके अनुरूप इंटेलिजेण्ट (होशियार) नहीं होती या फिर बहुत पढ़ी-लिखी (हाइली क्वालिफाइड) लड़कियाँ उसके अनुरूप सुन्दर नहीं होती। घर के लोग कोई रिश्ता तय नहीं कर पाये और वह फिर से, अकेला ही वापस चला गया।

अगली बार, तीन साल बाद जब उसका भारत आना हुआ, तो उनतीस साल का हो चुका था। चेहरे पर गंभीरता और बालों में चाँदी की एक दो लकीरें भी दिखने लगी थी। विदेश में बसे लड़के से, अपनी बिटिया को ब्याहने में, उन दिनों लड़की वाले बहुत डरते थे। डर ये रहता था कि शादी के बाद कभी मिल भी पाएंगे, इस बात की कोई गारंटी नहीं होती थी। एक तो विदेश आने जाने का खर्च झेल पाना हर किसी के बस का नहीं होता था और दूसरे हवाई उड़ानों की उपलब्धता भी बहुत

सीमित शहरों में ही होती थी। शादी के बाद कब मिल पाएंगे इस बात को लेकर लड़कियों के माता-पिता का सशंकित होना स्वाभाविक ही था। ऐसे में, लड़कियों के रिश्ते आने कम होते चले गये और इसी बीच, अनु के पापा भी रिटायर हो चुके थे।

इस बार, अनु केवल पाँच दिन के लिये भारत आया था। मम्मी, बड़ी भाभी और नलिनी को उसकी शादी की बड़ी चिंता होने लगी। उनतीस-तीस साल का लड़का अगर अभी भी घर नहीं बसा सका, तो पता नहीं आगे क्या होगा? अभी तो उसके बड़े से घर में, उसका ड्रॉइंग रूम का एक कोना और ठण्डा खाना ही उसके नसीब में था। उसकी कुछ ऐसी हालत के बारे में जानकर दिल दुखी सा हो जाता।

लेकिन कहते हैं न, कि भगवान के घर देर है, अँधेर नहीं। उस अत्यंत छोटी सी पाँच दिनों की अवधि में, उसके लिये उपासना का रिश्ता एक धूमकेतु के समान ही आया था। उपासना, उससे नौ साल छोटी और अभी तो बी.ए. फायनल इयर में आई ही थी। अपने मम्मी-पापा के घर में तो वह अभी भी उनकी अल्हड़ और मासूम, घर की छोटी बच्ची ही थी। बड़ी दोनों बहनों की शादी हो चुकी थी, लेकिन उन्नीस-बीस साल की उपासना के बारे में तो किसी ने सोचा भी नहीं था। संयोग से, उपासना के बाबा साहब (दादाजी) ज्योतिषी थे। जब उन्होंने अनु की जन्मपत्री का मिलान किया तो उन्होंने कहा कि उपासना की शादी इस लड़के से हो जाएगी और दोनों में खूब निभेगी।

एक और भी लड़की थी, जिसके बारे में प्रस्ताव पहले से आया हुआ था और बातचीत चल रही थी। वह थी, लगभग छब्बीस-सत्ताईस साल की, एम.बी.ए. तक शिक्षित और बॉब कट बालों में बड़ी ही स्मार्ट दिखती थी। उम्र का फ़ासला भी ठीक ही था और शिक्षा और सुन्दरता के मापदण्ड पर भी किसी प्रकार की कमी नहीं थी।

इधर उपासना, पहली बार देखने में, इतनी असाधारण तो नहीं लगी कि सुंदरता के आधार पर, एकदम से निर्णय, एकतरफ़ा उसके ही पक्ष में चला जाये, लेकिन लड़की का भोलापन और उसकी आयु भी कम ही थी। लेकिन बड़ी भाभी ने, एम.बी.ए. पास लड़की के बारे में अपनी राय देते हुए सुझाव दिया कि

"अनु भइया की शादी, इतनी बड़ी उम्र की लड़की से न की जाये, वही ठीक होगा। कहीं ऐसा न हो कि दोनों के अहं टकरा जायें और ये आपस में लड़ते ही रहें।"

अनु, तटस्थता का रुख़ अपनाये हुए था और घरवाले मामला सुलझा नहीं पा रहे थे। इधर, दो दिन बाद ही अनु को वापस भी जाना था। जब वह वापस जाने के लिये अटैची पैक कर रहा था, तो बहन नलिनी, भाभी और मम्मी अड़ गये कि इन दोनों में किसी एक लड़की के लिये हाँ करो, नहीं तो अब, हम तुम्हारे लिये लड़कियाँ नहीं ढूँढ सकेंगे, क्योंकि अब तुम्हारी उम्र बढ़ती जा रही है और पापा भी अब रिटायर हो गये हैं। इसलिये, अब आगे तुम्हारी शादी कभी हो या न हो, हमारी कोई ज़िम्मेदारी नहीं होगी। घर के बड़ों की समझाइश ने असर दिखाया और अनु ने उपासना के लिये हाँ कर दी। इस तरह हँसती-मुस्कुराती, भोली-भाली उपासना, एक परी की तरह, उसके जीवन में आ गयी। सगाई के दिन, क्रीम कलर के लहँगे और लम्बे घुँघराले बालों में वह अप्सरा की भाँति सुंदर लग रही थी। जैसे-जैसे उसको पास से देखते गये, सब को वह और भी ज़्यादा सुंदर लगने लगी। शायद पहली बार जब उसे देखा था तब दिन में, धूप की वजह से उसका चेहरा कुम्हला गया होगा।

अनु और उपासना की सगाई में, "भाभी की उँगली में हीरे का छल्ला" गाते-गाते नलिनी का गला रुँध गया और आँखें भर आईं थीं। उपासना समझ नहीं पाई कि इस ख़ुशी के मौके पर दीदी रो क्यों रही है? उसे क्या पता कि नलिनी का गला क्यों भर आया था? वास्तव में अनु और उपासना की सगाई के मौक़े पर, दस साल बाद सारे भाई-बहनों सहित पूरा परिवार इकट्ठा हुआ था। ख़ुशी के उन पलों में, भावनाओं के अतिरेक से नलिनी विव्हल हो गई और अपने आँसू रोक नहीं पाई थी। मम्मी-पापा, सारे भाई-भाभियाँ और भतीजा-भतीजियाँ। सब अपने एक साथ दिखाई दिए तो भावावेश में वह रुलाई रोक ही नहीं पाई थी।

जल्दी ही अनु और उपासना की शादी भी हो गयी। आँखों में अनगिनत सपने सजाये, लाल जोड़े में सजी-सँवरी दुल्हन बनी उपासना,

पति के आँगन में चली आयी और अपने साथ लाई ढेरों ख़ुशियाँ। उपासना ने बड़ी ही होशियारी दिखाते हुए, जल्दी ही घर का सारा ज़रूरी काम भी सीख लिया और अनु ने जैसा ढाला, उसके साथ वैसे ही ढल गयी। दोनों की लम्बी-पतली जोड़ी बड़ी सुंदर लगती। अब, दोनों सुखपूर्वक अपनी प्यारी-प्यारी दो बच्चियों के साथ, बरसों से विदेश में ही बस चुके हैं। वही छोटी भाभी, पलकें बिछाये नलिनी के वहाँ आने का इंतज़ार कर रही है और छोटे, प्यारे से, भैया-भाभी की स्नेह-डोर में बँधी, नलिनी का हृदय भी बेचैन है, उनसे जल्द से जल्द मिलने के लिए।

९.
राखियाँ

आया-आया, राखी का मौसम आया
भाई बहन के प्यार का,
बचपन का मौसम आया।
लाल, गुलाबी, हरी, नीली, पीली
गुदगुदी रुई सी राखियाँ

चमचम चमकती राखियाँ
सितारों सी झिलमिलाती राखियाँ।
उमड़ते-घुमड़ते बादलों के मौसम में
सावन-भादों की फुहार सी राखियाँ
रिमझिम बरसते मेघों में
ठण्डी बयार सी राखियाँ।
बचपन में जिन हाथों पर बाँधी थी राखियाँ,
दूर से ही उनका दुलार करती राखियाँ,
टिमटिम तारों सी, बरखा की फुहारों सी,
फूलों की बहारों सी रंगबिरंगी राखियाँ।

10.
अथ श्री कपड़ा कथा

कपड़े, एक के ऊपर एक पड़े कपड़े। बाँहों में बाँहें उलझाए, शर्ट पर शर्ट और कुर्ते पर पायजामा। हवा चल रही है, कपड़े लहरा रहे हैं। अरे! ये क्या हुआ? आकाश में घने काले बादल आ गये। बिजली चमक रही है। दौड़ो, दौड़ के चलो, कपड़े उठा लो। नहीं तो भीग जायेंगे।

लो! ये टप-टप बड़ी-बड़ी बूँदें टपकने लगी और आधे कपड़े भीग गये। सभी को गट्ठर बनाकर कंधे पर लादा और कमरे में पटक दिया। कभी पलंग के सिरहाने पर और कभी कुर्सी के हत्थे पर कपड़े सूख रहे है। तेज़ पंखे की हवा में, काँप रहे है। अभी तक जो कपड़े धूप में सूखने को उतावले से थे, अब सब उदास से, मुरझाए से पड़े है। बल्ब की हल्की रोशनी में पीले से लग रहे है। कल जब फिर से धूप खिलेगी, तो उन्हें

फिर से गर्म खुली हवा मिलेगी और वे फिर, खिल उठेंगे। बंद कमरे की सारी गंध, धूप में उड़ जायेगी।

कई गृहिणियां कपड़ों को बड़े क़ायदे से बरामदे या किसी कमरे में रस्सी पर सुखाती है। उनके द्वारा सूखने को डाले गये ऐसे कपड़ों में, एक भी सल नहीं होता। चाहे कपड़ा कोई भी हो और किसी भी रंग का हो। सभी सूखते कपड़ों पर लगे, लाल, हरे, नीले, पीले क्लिप ऐसे लगते हैं कि जैसे किसी छोटी गुड़िया के बालों में रंग-बिरंगे क्लिप लगे हुए हों।

जब भी धुआँधार पानी बरस रहा हो, तब गीले कपड़ों को बरामदे या किसी कमरे में रस्सी बांधकर, उस पर सूखने के लिए लटकाना, निहायत ज़रूरी हो जाता है। कमरे में सूखते कपड़ों की उन लाल, हरी, पीली झंडियों के बीच-बीच में बनियान और दूसरे अंतःवस्त्र, मुँह चिढ़ाते नज़र आते हैं।

मज़ा तो तब आता है, जब भरी बरसात में आपका बरामदा इन रंगीन झंडियों से सुसज्जित हो और कोई मेहमान आ जाए। वाह! क्या नज़ारा होता है। झेंपते हुए चेहरे पर, झुंझलाहट भरी खिसियानी मुस्कान के साथ, गृहस्वामी "आइये-आइये" कहते हुए, एक हाथ से कपड़े हटाते जाते हैं और दूसरे से मेहमान को अंदर आने की राह दिखाते जाते हैं। मन में छुपा डर कि अरे, कहीं कोई अंतःवस्त्र तो नहीं दिख रहे, वरना मेहमान की नज़र बचाकर जल्दी से टॉवल से ढाँकने का उपक्रम होता है। अरे बाबा! पेटीकोट तो सिर पर ही टँगा है, हटाओ-हटाओ।

तो साहब, कपड़ों के सूखने के बाद बारी आती है उनको सहेज कर रखने की। कुशल गृहिणियों द्वारा कपड़ों को बहुत प्यार से, बाक़ायदा सहेजकर, अलमारी में सलीके से, जमाकर रखा जाता है। सभी कपड़े, बाक़ायदा अपनी जमात के कपड़ों के साथ, मसलन साड़ी, ब्लाउज, पेटीकोट वगैरा-वगैरा, क़रीने से जमे पाए जाते हैं, तो वहीं कुछ लापरवाह क़िस्म के लोगों के घरों में अलमारी खोलते ही सारे कपड़े, भूसे के ढेर की तरह, सर्र से नीचे टपक पड़ते हैं।

जहाँ तक कपड़ों पर प्रेस (इस्त्री) करने की बात है, तो कुछ लोगों को कपड़े प्रेस करने में तभी मज़ा आता है, जब क़ायदे से प्रेस की बड़ी सी टेबल हो और उस पर बढ़िया ऑटोमेटिक प्रेस हो। कुछ लोग तरतीब

से भलीभाँति कपड़े प्रेस करते है, तो कुछ लोग इस तरह कि एक हाथ इधर मारा, एक उधर और लो जी कर दिये उन्होंने कपड़े प्रेस। जाड़ों में तो बड़ा आराम, शर्ट की सिर्फ़ कॉलर और कफ़ प्रेस कर लो। हाँ, स्कर्ट की फ़ॉल ज़रूर प्रेस करनी होती है और फिर सिर खपाओ उसकी प्लीट्स जमाने में। बचपन से पता नहीं, कितनी बार स्कर्ट प्रेस की होगी। मैरून, ब्राउन, ब्ल्यू, व्हाइट और न जाने कितने रंगों की। ग़रज ये कि तक़रीबन हर कलर की।

बचपन में हर किसी को, सुबह स्कूल जाने के पहले प्रेस करने की जद्दो-जहद में भागते-दौड़ते पाया जाना एक आम बात होती थी। कहीं मम्मी से डाँट न पड़ जाए, इसलिये जल्दी के चक्कर में, प्रेस से कभी-कभी शॉक भी लग जाया करता था। कहीं बाहर जाना हो, तो पहले कपड़े प्रेस करना पड़ते थे। अब सभी बच्चे इतने सभ्य भी तो नहीं होते थे कि क़ायदे से, सारे कपड़े प्रेस करके पहले ही रख लें।

मध्यमवर्गीय घरों के किशोरावस्था के बच्चों को घिस-घिसकर यूनिफ़ॉर्म धोते देखा जाना सामान्य सी बात होती थी और सभी के कपड़ों में इंक का धब्बा लगने पर मम्मी-पापा से थप्पड़ का प्रसाद भी यदा-कदा मिलता रहता था। स्कूल में, कपड़ों पर धब्बा आ जाने पर, उसे भिन्न-भिन्न तरीकों से छिपाने के प्रयास भी प्रायः असफल ही रहते थे और पकड़े जाने पर, अध्यापकों से विभिन्न संज्ञाओं और विशेषणों का ज्ञान बिना हिन्दी के पीरियड के भी प्राप्त हो जाता था।

बचपन में उछल-कूद करते हुए अच्छे-ख़ासे सिले-सिलाए कपड़े कभी-कभी उधड़ ही जाते हैं, कभी बाँहों के आस-पास और कभी पीछे से बैठक की जगह। ऐसी हालत में, उन उधड़े कपड़ों में घर पहुँचने तक, बड़ी शर्मिंदगी होती है। कपड़ों के मामले में, सभी की बचपन की यादें, कुछ ऐसी ही अजीबो-ग़रीब और निराली होती हैं।

अगर कपड़ों की बात चले, तो वॉशिंग पाउडर को कैसे भूला जा सकता है? तरह-तरह के झागदार और ख़ुशबूदार वॉशिंग पाउडर, पीले निरमा से नीले सर्फ़ एक्सेल तक, घड़ी से एरियल और टाइड तक। और फिर, निम्न मध्यम वर्गीय घरों की वो नीले साबुन की बट्टी या फिर उन गरीबों की पीली साबुन की बट्टी, जो नल पर एक कपड़ा धोते हैं और

एक पहनते हैं। मानव समाज में आर्थिक विषमताओं के कारण, किसी के पास बमुश्किल दो जोड़ी कपड़े, तो किसी के पास कपड़ों से भरे बक्से और अलमारियाँ।

कपड़ों के बिना मानव शरीर कितना बदसूरत लग सकता है, इस बात का अंदाज़ा तब होता है जब कभी कुछ जगहों पर जैसे नदी या समुद्र के किनारे या फिर धार्मिक स्थलों पर आस्था के चलते अतिआवश्यक, मात्र लज्जा रक्षक कपड़ों में ही लोगों को देखने का अवसर आन पड़ता है। ऐसी जगहों पर कतिपय अत्यंत बेडौल शरीर वाले, मोटे-मोटे, काले-काले लोगों को देखकर महसूस होता है कि मानव शरीर को ख़ूबसूरती देने में कपड़ों का योगदान बेमिसाल है।

झिलमिलाती साड़ियों, चमकते सूट और रंगीन टी-शर्ट आदि से ही मानव शरीर सुंदर, खिला-खिला और सुसज्जित लगता है, वरना कपड़ों के बिना तो शायद मानव शरीर माँस का एक बेडौल पिंड ही नज़र आता। टाइट जींस, केपरी, शॉर्ट्स, स्कर्ट, चूड़ीदार पायजामे और लैगिंग्स, शाही कुर्ते-पायजामे वगैरह की बदौलत ही तो रंगबिरंगे और सजीले दुपट्टे लहराती, नौजवान युवतियाँ स्मार्ट कहलाती हैं। बेशक़, ये कपड़े ही तो हैं, जो हमारी ज़िंदगी को ख़ूबसूरती बख्शते हैं।

किशोरावस्था से युवावस्था की ओर बढ़ती उम्र में बाज़ार में दुकानों के शो केस में सजी साड़ियाँ और सूट पहने मॉडल्स और तरह-तरह के रंगबिरंगे कपड़े पहने छोटे-छोटे मॉडल बहुत लुभावने लगते थे। उस उम्र की वो विन्डो शॉपिंग और वो चमकदार दुकानें अब भी रह-रह कर याद आती हैं। चारों ओर साड़ियाँ ही साड़ियाँ टंगी नज़र आतीं। लाल, नीली, पीली और हरी साड़ियाँ। हर अवसर के लिये नई साड़ी। हर प्रदेश की साड़ी, बंगाली, बनारसी और साउथ इंडियन। दो-ढाई सौ रुपये से लेकर हज़ारों की कीमती लहराती साड़ियाँ। तरबूज़ी, खरबूज़ी और नारंगी साड़ियाँ। बैंगनी फूलों से लेकर सफेद फूलों तक, गोटे किनारी से लेकर कॉटन तक। कोई भी नारी मैचिंग चूड़ियाँ और बिंदी, मैचिंग सैंडलपहन ले, तो खिल उठे। राजस्थान के कलरफुल लहंगे, गोटा लगी चुनरी। साथ में तरह-तरह के रंग के दुपट्टे, आकाश के रंग के, समुद्र के रंग के, लहराते खेतों के रंग के और डूबते सूरज के रंग के। बड़े-बूढ़ों को कहते सुना है

कि ये कपड़े हैं, कपड़ों को जितना प्यार से रखोगे, वे भी उतना ही लंबा चलेंगे।

आज भी जब वॉशिंग मशीनों का इतना चलन बढ़ गया है धोबी घाट में आपको धोती से लेकर लुँगी तक, तरह-तरह के सूखते कपड़े दिखाई पड़ जाएंगे। आर्थिक रूप से कमज़ोर वर्ग के लोगों के लिए, पुराने कपड़ों की जगह मिलते नए बरतन। ढेरों कपड़े दो और बदले में एक स्टील का भगौना ले लो। दो साड़ियों में एक कटोरी।

उन दिनों में कई बार रात में आंगन में सूखते कपड़ों को चोर उड़ा ले जाते थे। इतनी मेहनत से धोकर कपड़े पीछे आँगन में सुखाओ और सबेरे सब गायब। एक बार ऐसा ही एक कपड़ा चोर हमारी कॉलोनी में चोरी करता पकड़ा गया और पहले तो उसकी खूब पिटाई हुई, फिर लोगों ने उसे पुलिस को पकड़ा दिया। उस घटना के बाद, कॉलोनी में कपड़े चोरी होना बंद हो गये।

घर-घर जाकर कपड़े धोने वाली बाई, घिस-घिस कर ब्रश से मैले फॉल और कॉलर धोती है। लोगों के उतारे, अंत:वस्त्र धोती है। वो तो बेचारी, हर रोज़, चुपचाप ढेर कपड़े धोने बैठ जाती है, लेकिन कभी छुट्टी पर चली जाए, तो बस मत पूछिए। मालकिन की जान पर ही बन आती है। ऐसे में याद आती है वॉशिंग मशीन की। चाहे ऑटोमैटिक हो या सेमी-ऑटोमैटिक। धोबन के घर न आने पर, आड़े वक़्त में उसी का सहारा होता है। सुपरफास्ट, सॉफ्ट, नार्मल और स्ट्रांग मोड वाली वॉशिंग मशीन जब तेजी से घूमती है तो उसके अंदर डले कपड़ों को चक्कर आने लगता होगा। लेकिन वॉशिंग मशीन का एक सबसे बड़ा फ़ायदा यही है कि चाहे जब लगा लो। रात को ग्यारह बजे लगाओ या चाहे सुबह पाँच बजे। ठण्डे या गरम, सब तरह के कपड़े, एक घंटे-सवा घंटे में धुलकर तैयार। थोड़ी एडवांस्ड मशीनों में तो सूखे हुए गरम कपड़े भी निकलते हैं। प्रेस का कोई झंझट ही नहीं। कलफ़ लगी साड़ियाँ और कुर्ते, सीधे मशीन से निकाल कर टाँग लो।

कहीं नाइट सूट, कहीं नाइट ड्रेस और कहीं पारदर्शी गाउन में पति को रिझाती पत्नी। कलर फुल परदे, टेबल क्लॉथ और बेडकवर। रंगबिरंगे सोफा कवर। इन कपड़ों के बिना, जीवन कैसा बेरंग, बेरौनक़ हो जाये।

सूत कातती तकली और झकाझक चलती आधुनिक मशीनें। देश की आज़ादी की लड़ाई का प्रतीक चरखा और खादी और विदेशी परतंत्रता का प्रतीक नायलॉन। सिल्क के कीड़ों से निकलता रेशम और कपास से बनता कॉटन। रंग बिरंगे कपड़े, प्रकृति के रंगों से सजे बने। हमारे मान-सम्मान को बचाने वाले और लज्जा को ढँकने वाले कपड़ों को सदा सहेज कर, संभालकर रखना चाहिये, तभी ये हमारे जीवन के हर रंग में साथ निभायेंगे।

11.
घर

आज कुछ ऐसा संयोग बना कि किसी काम से, सुप्रिया तीन अलग-अलग घरों में गयी। उनमें से एक घर था तो छोटा सा, लेकिन पारिवारिक स्नेह बंधनों और प्यार से लबरेज़, एक निम्न मध्यमवर्गीय परिवार का घर। वहाँ उसने देखा, चेहरे पर निश्छल मुस्कुराहट लिये हुए, हर तरफ खुशियाँ बिखेरती हुई गृह-स्वामिनी को। काम की अधिकता से उपजने वाली झुंझलाहट और बौखलाहट से कोसों दूर रहने वाली और घर के सभी काम अपने हाथों से करने वाली एक आम पत्नी। यहाँ तक कि दीवाली की सफ़ाई और पुताई भी प्रायः स्वयं ही निपटाती।

जब-जब बच्चे, स्कूल-कॉलेज से लौटते, तो उनके लिये गरमागरम रोटियाँ सेंकती। क्रीम कलर का गाउन पहने, मुस्कुराहट के साथ, घर आये अतिथियों का उचित सत्कार करती। सब को हँसी-ख़ुशी चाय-नाश्ता कराती। घर के सभी सदस्यों की आवश्यकताओं और देखभाल के प्रति जागरूक। उसका साथ निभाता हुआ, उसका मेहनतकश पति और उनके प्यारे-प्यारे बच्चे।

एक दूसरा घर था, पहले वाले से कहीं बड़ा। प्रवेश द्वार से अंदर प्रविष्ट होते ही हरा-भरा लॉन अतिथियों को नज़र आता, जिसमें तरह-तरह के ढेर सारे रंग-बिरंगे फूल खिले हुए। घर के अंदर प्रवेश करते ही सभी का ध्यान अपनी ओर खींच लेने वाला, चमचमाता हुआ फर्श। कुछ रोबीली सी गृहस्वामिनी, कॉटन की सोबर साड़ी में लिपटी और औपचारिकता से भरी हुई। सामान्य बच्चों की तुलना में थोड़े से महंगे वस्त्रों में लिपटे, चश्मा पहनकर गंभीरता पूर्वक मोबाइल पर बात करते, शिक्षार्थी बच्चे।

तीसरा घर, उन दोनों घरों से बहुत बड़ा घर। घर क्या, बड़ी सी कोठी। ऐन्ट्रेन्स गेट पर सारस का जोड़ा बना हुआ। घर के बाहर, प्रवेश-द्वार पर चुस्त संतरी तैनात। बाहर बहुत बड़ा, लंबा लॉन। गार्डन में फव्वारा। घर के भीतर, कीमती संगमरमर का चमकता फर्श और उस पर कीमती कालीन के साथ, नक्क़ाशीदार खंभे। ड्रॉइंग रूम में सजा महँगा फ़र्नीचर, सफेद बालों वाला गृहस्वामी और सिल्कन साड़ी में लिपटी लेकिन उदासी का लबादा ओढ़े पत्नी। घर में ढेर सारे सेवक और बाहर चमकती हुई कारें। बाहर निकलें, तो हर कोई सलाम ठोके। उस घर में तमाम तरह की भौतिक सुख-सुविधाओं का अंबार लगा था, जिनका उपभोग करने वाले सदस्यों की संख्या, अन्य घरों की तुलना में बहुत कम थी। लेकिन फिर भी, वहाँ उन्मुक्त हँसी, प्रसन्नता, हर्ष और आनंद की अनुभूति का नितान्त अभाव लग रहा था।

वहाँ से लौटकर, सुप्रिया को अपना घर अपेक्षाकृत बहुत छोटा लग रहा था। फ़र्नीचर काफ़ी हल्का और फर्श मटमैला लग रहा था। हालाँकि, सबसे पहले जिस घर की में वह गई थी, उस छोटे घर से सुप्रिया का घर निश्चित तौर पर बड़ा था, लेकिन तीसरी आलीशान कोठी से तो बहुत छोटा था।

पता नहीं क्यों, सुप्रिया के मन में यह विचार ज़रूर कौंधा कि आख़िर घर है क्या?

सीमित संसाधनों वाला छोटा सा लेकिन प्यार भरे माहौल से सराबोर घर,

या फिर,

ऊँची-ऊँची दीवारों, कीमती संगमरमर के फ़र्श, विशालकाय लॉन और फ्लावर बेड्स, चमकती कारों और चुस्त संतरियों की मौजूदगी से लैस घर, जिसमें सारी भौतिक सुविधाओं की मौजूदगी के बावजूद खुशनुमा माहौल कहीं नज़र नहीं आता? किसे सही मानें?

लेकिन, फिर उसके दिल ने कहा कि इस प्रश्न का कोई सर्वमान्य उत्तर, शायद कभी न मिले। समाज में रहन-सहन के सब के अलग-अलग स्तर हैं और खुशियों के अलग-अलग मापदंड। हर एक व्यक्ति को, दूसरे के स्वामित्व की वस्तु अपने स्वामित्व की हर चीज़ से श्रेष्ठ या बेहतर लग सकती है। सवाल देखने वाले के नज़रिये का है। लेकिन बुज़ुर्गों की सीख यही कहती है कि जो पास है, वही पर्याप्त है। शायद यही, सुखी जीवन जीने का मूलमंत्र है, अन्यथा लालसाओं और अपेक्षाओं का आकाश तो असीम और अनंत ही है।

12.
कस्टर्ड

बात शायद बीस-पच्चीस साल पुरानी है। अंकिता के बच्चे छोटे थे और उस दिन शायद किसी कारण से उसने ऑफ़िस से छुट्टी ले ली थी। दोपहर के लगभग तीन बजे घंटी बजी, तो अंकिता ने दरवाज़े के की-होल से झाँककर देखा। बाहर एक बीस-इक्कीस साल की लड़की दिखाई दी। उसके साथ 5-6 छोटे-छोटे बच्चे भी दिखाई दिए थे।

अंकिता समझ गयी कि ये किसी अनाथालय के बच्चे होंगे, जिन्हें सहायता राशि उगाहने के लिए भेजा गया होगा। उसने दरवाजा खोला। वह लड़की तनिक सम्मान प्रकट करने की चेष्टा के साथ बड़े ही प्यारे ढंग से मुस्करायी और उसने आने का आशय स्पष्ट करते हुए, चंदे की रसीदनुमा एक गुलाबी किताब आगे बढ़ा दी। चोटियाँ बनाये और फ़्रॉक पहने दो छोटी-छोटी लड़कियाँ उस बड़ी लड़की के कुरते और दुपट्टे को पकड़कर खड़ी थीं और उन्हीं के कुछ आगे-पीछे होकर खड़े तीन गंजे-गंजे से लड़के दिखाई दे रहे थे। उन सभी छोटे-छोटे बच्चों की आँखें कुछ बुझी-बुझी और भूखे पेट कुछ खाने का मिलने की आस में दया याचना करती सी लग रही थीं।

अंकिता ने उसे रुकने का कहकर, दरवाज़ा अंदर से बंद किया और फिर अंदर जाकर एक पचास का नोट और एक रुपये का सिक्का उठाया। अंकिता को अचानक ही फ़्रिज में रखा कस्टर्ड याद आ गया। रुपयों के साथ ही वह एक बड़े बाउल में कस्टर्ड डालकर ले गयी। कस्टर्ड के बाउल पर एक तश्तरी रखकर उसमें दो चम्मच भी रख दिये थे और उसी पर इक्यावन रुपये रख कर दिए। दरवाज़ा खोलकर उसने वह कस्टर्ड का बाउल और सहयोग राशि उस लड़की को पकड़ा दी। लड़की ने तश्तरी उठाकर उसमें देखा और फिर कस्टर्ड को ढँक कर एक तरफ़ रखा। पहले इक्यावन रुपये की रसीद काट कर अंकिता को दे दी। उसके बाद, उसने कस्टर्ड को उन छोटे बच्चों को खिलाने का उपक्रम किया।

कस्टर्ड देखकर बाहर खड़े उन बच्चों की आँखें ख़ुशी से चमक उठीं। उस बड़ी लड़की ने कस्टर्ड बाउल अपने हाथ में ले लिया और एक-एक चम्मच सब बच्चों को खिलाने लगी। वे सभी वहीं सीढ़ियों पर बैठ गये और बड़े खुश होकर खाने लगे। सब ने मिल बाँट कर बड़ी ख़ुशी से वह कस्टर्ड खाया और धन्यवाद देकर चले गये। अब उनकी आँखें ख़ुशी से चमक रही थी। सीढ़ियों से उतरते हुए, उनकी चहकती आवाज अंकिता को सुनायी दे रही थी।

अंकिता का मन आश्चर्य से भर गया। एक कटोरा कस्टर्ड जिसकी सामान्य मध्यम वर्गीय घरों के लिए कोई बहुत बड़ी कीमत नहीं होती, उसे उन बच्चों ने कैसे आपस में मिल बाँट कर खाया था। चाहती तो वह बड़ी लड़की, अकेली ही खा लेती, लेकिन उसने छोटे भाई-बहनों की भाँति उन सभी को थोड़ा-थोड़ा खिलाया, तब एक-दो चम्मच ख़ुद खाया होगा। कितना मेल-भाव है इन बच्चों में और कितनी एकता।

अंकिता सोच रही थी कि हम लोगों के घरों में, जो सभ्य, सुसंस्कृत कहलाते हैं, बच्चों को कई बार पूरी-पूरी चॉकलेट अकेले ही खा लेने के

लिये ज़िद करते हुए या फिर छोटी-छोटी चीज़ों के लिये आपस में लड़ते हुए देखा जा सकता है। लेकिन ये बच्चे, जिनकी न माँ है, न पिता और न कोई ऊँचे दर्ज़ की नियमित शिक्षा, लेकिन ये कितनी अच्छी तरह से मिल-जुल कर रहना सीख गये है।

बड़ी उम्र के बच्चे, छोटे बच्चों को गोद में उठाकर घूमते हैं। बड़ी लड़कियाँ, छोटी लड़कियों को पाल लेती है। वे ही उनकी दीदी और माँ बन जाती हैं। विषम परिस्थितियाँ, उनको जीवन-पथ पर मिल-जुल कर संघर्ष करने की कला नैसर्गिक रूप से सहज में ही सिखा देती है। मेलजोल की यह प्रवृत्ति, स्वयं प्रकृति द्वारा प्रेरित एक अनोखा चमत्कार ही है।

13.
रोटियाँ

गरम तवे पर दमकती, फूलती रोटियाँ,

वो गोल-गोल घूमती, नाचती रोटियाँ।

वो ज्वाला में जलती, बिलखती रोटियाँ,

खुद जलकर, दूसरों का पेट भरती रोटियाँ।

सूरज और चाँद सी चमकती रोटियाँ,

नान-तँदूरी और पराँठे का भी रूप धर लेती रोटियाँ।

गरम-गरम दाल के साथ घी लगी रोटियाँ,

चंदा सूरज सी चमकती रोटियाँ।

चंद्रमा में भी भूखे को देती दिखाई रोटियाँ

भूख लगने पर नींद में भी हैं दिखती रोटियाँ।

प्यार में पगी प्यारी-प्यारी गाय की रोटियाँ,
भोली आँखों वाले भौं-भौं और बछड़े की रोटियाँ।
वो गर्मागर्म, मुलायम, ख़ुशबूदार रोटियाँ,
जीवन का आधार, ईश्वर के भोग का प्रसाद बनी रोटियाँ।

14.
इनर चाइल्ड

एयर इंडिया के बड़े से प्लेन में, मुस्कान बहुत आराम से बैठी हुई थी। आरामदायक सीट और छोटी सी खिड़की के बाहर झाँकता आसमान। चन्द्रमा तो था, लेकिन पता नहीं, क्यों दिख नहीं रहा था। काला सा आसमान और खिड़की से झाँकने पर दूर, धूमिल सी चमकती धरती।

मुस्कान को लखनऊ से दिल्ली जाना था लेकिन उसकी फ्लाइट डायवर्ट करके रिरूट (परिवर्तित मार्ग से) कर दी गयी थी। इसलिये, लखनऊ से महज पैंतालीस मिनिट की दूरी बनारस में चालीस मिनिट के हॉल्ट के साथ, लगभग दो-सवा दो घंटों में तय की जा सकी थी।

कोरोना महामारी की वजह से, एयरलाइंस द्वारा प्लेन के भीतर दी जाने वाली खानपान की सेवायें रद्द कर दी गई थीं। हवा में उड़ते हुए, मुस्कान और उसके पति ने घर से साथ में लाये पराठों के साथ आलू की सब्ज़ी खायी। एकदम उसी तरह जैसे लोग ट्रेन में खाया करते हैं। एयरलाइंस के लिये जारी सरकारी निर्देशों के तहत, सोशल डिस्टेन्सिंग का पालन करते हुए, बीच की सीट खाली रखना अनिवार्य था। वह बीच की सीट, रिक्त रखे जाने से, खाना आराम से परोसने में डाइनिंग टेबल का रोल अदा कर रही थी।

बनारस में जब प्लेन लैंड करने लगा तो मुस्कान ने देखा कि प्लेन की ऊँचाई से ज़मीन पर दिख रही चमचमाती लाइटों को देखकर ठीक उसके आगे की सीट पर बैठी, आठ-नौ साल की बच्ची ख़ुशी से चहचहा रही थी। उस बालिका के लिये यह दृश्य सहज ही अत्यंत लुभावना था।

"मम्मी देखो नीचे कितनी लाइट्स.....मम्मी देखो तो कितना सुंदर लग रहा है....."

ऐसा कहते हुए वह, बार-बार माँ का ध्यान उस ओर खींचने की चेष्टा कर रही थी। चिड़िया की तरह चहकती हुई, वह नीचे की लाइट्स देखती रही।

दूर-दूर तक फैला, रोशनी से जगमगाता, बनारस। पतित-पावनी गंगा, कबीर और तुलसी का जैसे संतों का वह पावन स्थल। मुस्कान दूर तक निगाहें दौड़ाकर, उन लाइट्स में गंगा घाट और गंगा की स्वच्छ धारा को ढूँढती रही, लेकिन अफ़सोस मुस्कान को गंगा की धार कहीं नज़र नहीं आई। शायद रात की कालिमा में, मुस्कान उसे ठीक से देख नहीं पाई।

प्लेन के बनारस में लैंड करते (उतरते) वक़्त मुस्कान का मन भी, चमकते तारों या दीवाली की रोशनी से चमकते शहर को देखकर, भीतर ही भीतर, उत्साह और उमंग से चहचहा रहा था। फर्क़ सिर्फ़ इतना था कि वह बच्ची ऊपर से बोल कर अपने आनंद को सहजता से व्यक्त कर रही थी और मुस्कान मन ही मन उस आनन्द की अनुभूति कर रही थी। मंद, स्मित मुस्कुराहट उसके चेहरे पर भी अवश्य थिरक रही थी और वह सोच रही थी कि शायद हर व्यक्ति का इनर चाइल्ड (अंतर्मन में बैठा नन्हा बालक) हमेशा जीवित रहता है,

जो चमकती लाइट्स, आसमान में उड़ते प्लेन, उड़ती तितली, खिलते फूलों और फुदकती चिड़िया को देखकर खुश होता है। लेकिन शिष्ट सामाजिक व्यवहार की सीमाओं से बँधे, हम जीवन के संघर्षों में, उस छोटे बच्चे को भूल जाते है, या यूँ कहा जाए कि बलात् उसे दबाकर मार देते है। यदि हम, अपने उस इनर चाइल्ड को हमेशा ज़िंदा रख सकें, तो जीवन कितना रोचक, कितना आनंद से भरपूर हो जाये। फ़्लाइट में ऊबे हुए से, थके-थके से, तनाव भरे चेहरे की जगह, खुशी से जगमगाते, मुस्कुराते चेहरे दिखें और हम बड़े भी छोटे बच्चों की तरह हर छोटी-छोटी ख़ुशी पर चमकती आँखों के साथ उन पलों का भरपूर आनंद उठा सकें।

15.

कुर्ता-पायजामा

चांदनी के पति आदतन, सुबह नहाकर पहना हुआ कुर्ता-पायजामा उतार कर फोल्ड (तह) करके रख देते है और शाम को ऑफ़िस से लौटकर वही पहन लेते हैं।

चांदनी रोज उनसे कहती कि,

"आप दूसरा धुला, प्रेस किया कुर्ता-पायजामा पहन लिया करिये।"

लेकिन वे तपाक से, रटा-रटाया जुमला बोल देते कि,

"अरे! घर में ही तो रहना है। किसको दिखाना है?"

कल शाम को भी यही हुआ। उसके पति ने तुड़ा-मुड़ा कुर्ता-पायजामा निकाला और पहनने लगे। वह कुर्ता कुछ ज्यादा ही पुराना सा था और

उसमें यहाँ-वहाँ से रेशे निकल रहे थे जैसा कि फटने कि कगार पर पहुँच चुके कपड़ों में होता ही है। चांदनी नहीं चाहती थी कि उसके पति ऐसा पायजामा पहनें। उसने पति से कहा,

"फिर वही पुराना कुर्ता पायजामा?"

फ़ौरन, वही रोज़ का जवाब मिला,

"अरे किसको दिखाना है?"

चांदनी ने पति को मनाने की असफल कोशिश की और उनसे कहा कि,

"आप मेरे लिये तो अच्छे से तैयार हुआ कीजिए ना। देखिये ना, मैं आपके लिये रोज़ कितनी अच्छी तरह से तैयार होती हूँ।"

उसके पति ने फिर भी वही पायजामा पहन लिया और हँसते हुए बोले,

"लो जी हम तैयार हो तो गये आपके लिये, फटा पायजामा पहनकर।"

चांदनी आश्चर्य चकित होकर उनको देखती रही, फिर वे दोनों खिलखिलाकर हँस पड़े।

16.
वो नन्हा सा पौधा

वो नन्हा सा पौधा, एक बाग में स्वयं ही निकल आया था। कोई पक्षी उस नन्हे से पौधे के बीज को कहीं से लाया होगा। नन्हा सा पौधा। कोमल तना और शीर्ष पर दो नन्ही सी पत्तियाँ थीं। उसने अपना कोमल शीश उठाया। चारों ओर देखा ऊँचे-ऊँचे पेड़ लगे थे। मानो वे सब उसे देखकर हँस रहे थे। इतनी छोटी-छोटी पत्तियाँ?

नीम के पेड़ ने देखा "ऐं! इतना सा पौधा।"

आम के पेड़ ने अपनी शान बघारते हुए कहा, "तू इतना छोटा। देख, मैं कितना ऊँचा और मजबूत हूँ।"

आम और नीम के पेड़ एक-दूसरे की ओर देखकर मुस्कुरा दिये। चमकते पत्तों वाले पीपल के पेड़ ने कहा "मुझसे ऊँचा कोई नहीं।"

अपनी ऊँचाई पर इठलाते बड़े-बड़े पेड़ों की गर्वीली बातों को सुनकर उस नन्हे पौधे का दिल रो उठा। वह रुआँसा हो उठा। उसके मन में यह भावना उठ रही थी कि "मैं कितना छोटा हूँ। मैं कब इतना बड़ा होऊँगा?"

पास ही खड़ा अशोक का पेड़, शांत भाव से यह सुन रहा था। लेकिन दूसरे ऊँचे-ऊँचे पेड़ों की भाँति शेख़ी बघारने की बजाये, उसने उस नन्हे पौधे के दर्द को महसूस किया। अपने नाम 'अशोक' के अनुरूप, वह उस नन्हे पौधे के मन में उमड़ रहे शोक को दूर कर, उसका उत्साह-वर्धन करने की चेष्टा करता हुआ कहने लगा,

"नन्हे! तुम चिंता मत करो। तुम मुझसे ऊँचे निकलोगे।"

"लेकिन कब?"

"जब पुरवाई चलेगी, काले घने मेघ इकट्ठे होंगे, श्यामल मेघों की कालिमा से आच्छादित आसमान, बिजली की कड़क से जगमगा उठेगा और वर्षा रानी झूम कर नृत्य करेगी। तब आसमान से बरसते, उस अमृत को पीकर तुम भी बहुत ऊँचाई को प्राप्त करोगे।"

अशोक और नन्हे पौधे के बीच चल रहे उस वार्तालाप को पास ही खड़ा ऊँचा नीम का पेड़, हँसते हुए सुन रहा था। उसकी भाव-भंगिमा कुछ ऐसी थी, मानो वह उन दोनों का मखौल उड़ाना चाहता हो। लेकिन अशोक की बातें सुनकर वह नन्हा सा पौधा, भविष्य के प्रति कुछ आश्वस्त सा अनुभव करने लगा।

अपने कोमल पत्तों को फैलाये, तेज़ गर्मी में, पास के ही गेंदे के पौधे के नीचे छिप गया। कभी जूही उसे अपने पत्तों की छाया में छिपा लेती और कभी किसी दूसरे पौधे, लता या पेड़ की आड़ लेकर, वह नन्हा सा पौधा सूरज के जानलेवा तेज से बचता रहा।

फिर वह दिन भी आया जब बहकी हवाओं के सहारे बादल झूमे, और मदमस्त वर्षा की बूँदों ने सारी धरती को भिगो दिया। पूरा वातावरण हराभरा हो गया। जैसे पूरा समा, सारे पेड़-पौधे ठण्डे पानी में नहा लिये हों। बेला ने अपने सिर को झटका। उस पर जमी पानी की मोतियों जैसी बूँदें, झरझरा कर जमीन पर गिर पड़ी। बेला की देखा-देखी जूही ने भी

इठलाकर अपने सिर को झटका देकर ढेर सारी जल की बूँदें झड़ा कर गिरा दीं।

दूब ने ओस सी कोमल बूँदों को जी भरकर पिया। उस मदमस्त पेय का पान कर वह भी मतवाली होकर झूमने लगी। छँटते हुए बादलों के साथ, इन्द्रधनुष ने भी अपना सतरंगा परिधान तान दिया। कोयल और पपीहे के सम्मिलित गान से वातावरण गुंजायमान हो उठा।

उस नन्हे से पौधे की बाँहें फैलने लगी, तना बढ़ने लगा। उसका आत्मविश्वास बढ़ने लगा। उसे लगने लगा कि ओह, अंततः मैं आसमान की ओर उठता जा रहा हूँ, जहाँ रुई से उड़ते बादल चहलकदमी करते हैं और मदमाती पवन स्वच्छन्द विचरण करती है। धीरे-धीरे वह अपने आसपास पौधों की बराबरी करता हुआ, बढ़ता ही रहा। ख़ुशबूदार फूलों के पौधों और लताओं से ऊँचा होता चला। उसकी बढ़ती ऊँचाई को देखकर जूही ने इठलाकर अपना मुँह छिपा लिया। लगातार बढ़ रही ऊँचाई से कभी सबसे छोटा लगने वाला वह नन्हा सा पौधा, पहले गुड़हल, फिर अमरूद के पौधों से ऊँचा होते हुए आम के पेड़ के पास तक पहुँचने लगा। अब उसका मन मयूर भी इठला रहा था, बल खा रहा था, झूम रहा था।

अगली वर्षा रानी के आने पर वह नाज़ुक सफेद तना और इठलाती, बल खाती डालियों वाला पेड़, आसमान को छूता हुआ, पीपल की ऊँचाई को भी पार कर गया। आम और नीम के पेड़, आश्चर्य में भरकर सोचने लगे कि

"अरे! ये क्या हुआ? ये हमसे ऊँचा कैसे निकल गया है? ये कौन है?"
जूही मुस्कुराते हुए बोली,
"ये यूकेलिप्टस का पेड़ है।"

अब वही नन्हा सा पौधा, दूर दिखती पहाड़ियों सा ही ऊँचा हो गया है। वह भी शान से लहरा रहा है, इठला रहा है, झूम रहा है। आज उस पर हँसने वाले आम, नीम और पीपल के पेड़ बौने से लग रहे है। जूही ने बड़ी गंभीरता से सब पेड़ों से कहा "देखो! कभी किसी को छोटा समझ कर उसका उपहास नहीं करना चाहिए। कौन जाने कब किसका वक़्त बदल जाये?"

जहाँ एक ओर जूही की इस दूरदर्शिता भरी सलाह का मर्म हृदयंगम करते हुए, यूकेलिप्टस के उस ऊँचे हो चुके वृक्ष ने, जूही दीदी के प्रति आदरभाव दर्शाते हुए अपना शीश थोड़ा सा नवाया था, वहीं दूसरी ओर लग रहा था जैसे आम और नीम के पेड़ों ने लज्जित होकर अपनी गरदन झुका ली हो।

17.
जल (एक ईश्वरीय औषधि)

जल या पानी ईश्वर द्वारा दिया गया कितना बड़ा वरदान है, ये मनुष्य दैनंदिन जीवन के अनुभवों से आसानी से समझ सकता है।

बहते पानी को देखने से रक्त वाहिनियों के अवरोध हट जाते है और रक्त दाब या ब्लड प्रेशर नॉर्मल हो जाता है। सुबह उठकर दो गिलास गुनगुना पानी पीने से शरीर का संपूर्ण तंत्र स्वच्छ हो जाता है और पेट ठीक रहता है। सुबह गरम पानी में नींबू (या नींबू+शहद) डालकर पीने से मोटापा कम होता है और जोड़ों का दर्द गायब हो जाता है। दुखते गले के लिये गरम पानी रामबाण औषधि है। उसी में नमक

डालकर गरारे कर लो तो कठिन से कठिन इन्फेक्शन और भीषण दर्द गायब हो जाता है।

सर्दी हो गयी हो, नाक, कान में उनके बंद हो जाने जैसी हालत लग रही हो तो गरम पानी की भाप ले लो। नाक खुलने के साथ-साथ फेफड़ों में साँस का आवागमन आसानी से होने लगता है। चेहरा भी गुलाब जैसी रंगत लिये, ताज़गी से भरकर खिल उठता है। सीने में कफ़ जम गया हो तो गर्म पानी की बॉटल से सिकाई कर लो । जाड़े में ठण्ड के मारे नींद न आ रही हो तो गरम पानी से भरी बॉटल, सीने में दबा कर सो जाइये। कितनी आरामदेह नींद आती है, यह स्वयं अनुभव कर के ही पता लगता है।

पेट में गैस के मारे दर्द हो या महिलाओं को पीरियड्स के दौरान दर्द हो, एक गर्म पानी की बॉटल से सिकाई कर लो, राहत मिल जायेगी। स्ट्रेस के कारण सूजी पेट की मसल्स और दुखते यूटेरस के लिये भी गरम पानी का सिकाव, रामबाण की तरह काम करता है। पैर ठंडे हो रहे हों या शरीर के किसी भी अंग में दर्द हो, गरम पानी की बॉटल से सिकाई करना बहुत राहत पहुँचाता है।

जल का ही एक दूसरा रूप बर्फ़। बर्फ़ की सिकाई से आँखों का दर्द, दाँत के दर्द और ताज़ी चोट, मोच या हड्डी की चोट में त्वरित राहत मिलती है। गर्मियों में ठण्डे पानी के छींटे मारते ही आँखों को असीम आराम मिलता है और शीतल गुलाब जल तो त्वचा के लिये अमृत के समान होता है।

जाड़ों में गरम पानी और गर्मियों में ठण्डे शीतल जल का स्नान, शरीर को तरोताज़गी से भर देता है और मन-प्राण में नवीन ऊर्जा संचारित हो जाती है। अपने लम्बे केशों को जब शीतल जल की स्वच्छ धारा में भिगो कर भलीभाँति धो डालते हैं तो उनकी आभा द्विगुणित हो जाती है।

प्रभात-वेला में, नर्मदा जी और गंगाजी जैसी पवित्र नदियों के शीतल जल में, पावन स्नान से प्राप्त होने वाली स्फूर्ति का आनन्द बस अनुभव किया जा सकता है। उसका वर्णन करने के लिए उपयुक्त शब्दावली ढूँढ पाना दुष्कर ही है। इसी प्रकार सायंकालीन वेला में उन पावन नदियों,

जिन्हें हम भारतीय देवी-तुल्य मानते है, की सौम्य, शांत जल-धारा में आस्था और श्रद्धा के साथ प्रवाहित किए गए असंख्य तैरते दीपक, एक अलौकिक दैवीय दृश्य की संरचना करते हैं।

आशय यह है कि पावन नदियों की निर्मल प्रवाहित होती धारा की सुबह की सुनहरी आभा और शाम की लालिमा में दीपकों की झिलमिलाहट, सरोवरों और कुओं में दमकते पानी की झलक, मनुष्यों के साथ-साथ अन्य जीव-जन्तुओं को भी को अनोखी शांति प्रदान करते हैं।

ऊँचे-ऊँचे अनगिनत झरनों से कल-कल झरता पानी, प्रकृति की अनुपम देन है। जल की महिमा का जितना भी गुणगान किया जाये कम है। यही जल तो है समस्त जीव-धारियों के जीवन का आधार। सच ही कहा गया है कि जल से ही जीवन है।

ऐसे प्राण-दायी जल देवता को शत्-शत् प्रणाम।

18.
गन्ने का रस

गर्मियों की छुट्टियों में, दोपहर की भीषण तपिश से राहत पाने के लिए, सभी बच्चे पूरी रफ़्तार से चलते पंखे के नीचे बैठे हुए, कैरम खेल रहे थे। उसी समय बाहर से, गन्ने का रस बेचने वाले, किसी फेरीवाले की आवाज़ सुनाई दी। उसकी आवाज़ कान में पड़ते ही, बच्चों ने गन्ने का रस पीने की फ़रमाइश कर दी।

नलिनी ने दरवाज़े पर आकर झाँका तो कुछ दूरी पर गन्ने का रस बेचने वाले का ठेला आता दिखाई दे गया। उसके ठेले पर गन्ने का रस निकालने की मशीन के अलावा कुछ लाल, पीली, सफेद कुर्सियां भी

लदी हुई थीं। गन्ने के रस वाला धीरे-धीरे, इठलाता सा मंद चाल से, अपना ठेला लिए आगे बढ़ रहा था और आशा भरी निगाहों से, सड़क के दोनों ओर बने घरों के दरवाज़ों की ओर ताकता जा रहा था कि शायद कोई रस खरीदने वाला नज़र आ आए। उसका शरीर दोपहर की गरमी के कारण पसीने से भीग रहा था। बीच-बीच में वह, हाथ से धूप में माथे पर आये पसीने को पोंछता जा रहा था।

नलिनी के घर के सामने से निकला, तो नलिनी को गेट पर खड़ा देखकर उसने पूछ ही लियाः,

"बीबी जी! रस लीजिएगा।"

नलिनी ने कहा,

"गन्ने का रस तो हम लेंगे ही, और साथ में तुम्हारी फोटो भी खींचेंगे।"

पहले तो वह थोड़ा असमंजस में दिखा, लेकिन फिर उसने फोटो खिंचवा ली। जब वह रस निकाल रहा था, उस दौरान नलिनी ने यूँ ही उससे पूछ लिया कि क्या इसी तरह रोज़ सिर्फ फेरी लगाते हो या कहीं किसी ठिकाने पर खड़े रहते हो?

गन्ने का रस बेचनेवाले ने बताया कि आम तौर पर वह चौक के पास अपने नियमित अड्डे पर एक पेड़ की ठण्डी छाया में अपना ठेला खड़ा करता है, पर कभी-कभार वह कॉलोनी का चक्कर भी लगा लेता है, जैसे कि आज। आज भी, थोड़ी देर बाद वहीं जाकर खड़ा होगा और फिर इन कुर्सियों को सजाकर रखेगा ताकि ग्राहक आराम से पेड़ की छाया में सुस्ताते हुए उसका गन्ने का रस पी सके। गरमी के मौसम में बस यही उसका रोज़ाना का काम होता है।

सूरज की तेज़ गर्मी से संतप्त पथिकों को वह ठण्डा-ठण्डा मसालेदार गन्ने का रस पिलाता है। इससे होने वाली आमदनी से उसका घर ख़र्च तो चलता ही है, लेकिन उस अमृत पान से तृप्त चेहरों को देखकर उसका हृदय भी प्रसन्न हो जाता है।

कुछ ही दिनों पहले नलिनी ने सदर बाज़ार के रास्ते में, चौक पर माय एफ.एम. के लाल छातों के तले, उस गन्ने के रस वाले को खड़े देखा था। एक विशाल पेड़ की ठण्डी-ठण्डी छाया के तले। पेड़ के हरे-हरे

पत्तों से बिलकुल विपरीत, लाल रंग के वे छाते, जैसे, वहाँ से गुज़रने वाले राहगीरों को आमंत्रित करते हुए कह रहे हों कि,

'आइये, कुर्सी खींच कर कुछ पल, पेड़ के नीचे, प्राकृतिक ठण्डी बयार का आनंद लेते हुए, ताज़ा और ठण्डा गन्ने का रस पीजिये।'

भीषण गर्मी में, हाथ से चलने वाली गन्ना पेरने की मशीन चलाते-चलाते, वह स्वयं पसीने से तरबतर रहता है, लेकिन चिलचिलाती धूप की तेज़ी से त्रस्त राहगीरों के गले को ठंडक पहुँचाकर, उनको राहत देने वाले, उस गन्ने के रसवाले को निश्चय ही बहुत पुण्य मिलता होगा। कड़ी धूप में थके मुसाफिरों को अमृत पिलाने वाले ऐसे श्रम-साधक की साधना का हार्दिक अभिनंदन।

19.
बाल-लीला

प्रसंग-एक

बात उस समय की है, जब मीता की बिटिया क़रीब डेढ़ साल की थी। मीता को पेड़-पौधे लगाने का बहुत शौक था। मीता ने फ़र्स्ट फ़्लोर पर स्थित फ़्लैट की बालकनी में मनी-प्लांट और कुछ दूसरे शो के प्लांट लगा रखे थे।

एक बार, मीता के पति ने तीन-चार गुलाब के पौधे लाकर दिए, जिनमें छोटी-छोटी सी कलियाँ आ रही थीं और एक-दो पौधों में अधखिला गुलाब का फूल था। मीता ने चाकू की मदद से मिट्टी खोदकर उन पौधों को गमलों में लगा दिया।

बिटिया बड़े ध्यान से खड़े होकर देख रही थी कि ममा क्या कर रही हैं? मीता पौधों को लगाकर, गमलों में थोड़ा पानी डालकर, अंदर किचन में आ गयी। थोड़ी देर बाद क्या देखती है कि बिटिया दोनों हाथों में अधखिले गुलाब के हाल ही में रौंपे नए पौधे, गमले से उखाड़कर लिये चली आ रही है।

बड़े प्यार से मीता को पौधे देते हुए वह बोली,

"मामा फूल।"

वैसे तो शायद, मीता को पौधों के ख़राब होने पर खीझ और गुस्सा ही आता, लेकिन बेटी की आँखों से छलकते भोलेपन और माँ के प्रति उसके लगाव ने मीता को अभिभूत कर दिया और वह गुस्सा होने की बजाये मुस्कुराए बिना नहीं रह सकी। फिर, जब तक गुड़िया थोड़ी बड़ी और समझदार नहीं हो गयी, तब तक मीता ने पौधे लगाने का शौक़ कुछ समय के लिये कम ही कर दिया था।

प्रसंग-दो

बात उस समय की है, जब मीता की बिटिया तीन साल की थी। घर में नया-नया फूड प्रोसेसर आया था। मीता को उसकी ऑपरेशनल वर्किंग ठीक से नहीं आती थी।

मीता उस फूड प्रोसेसर पर, एक दिन मैंगो शेक बना रही थी। उसकी बिटिया पास में खड़े होकर बड़े ध्यान से देख रही थी। मीता ने उस फूड प्रोसेसर के जूसर पॉट में कटे हुए आम के टुकड़े और तीन-चार गिलास

दूध एक साथ डाल दिया। दूध की मात्रा ज़्यादा होने के कारण, जैसे ही मीता ने प्रोसेसर ऑन किया, बहुत सारा शेक ओवर फ्लो होकर बह गया। मीता घबरा सी गयी।

उसके पति बाहर बरामदे में बैठे थे। बच्चे तो उन्हें पापा कहकर संबोधित करते थे, लेकिन मीता कभी उनको पापा, तो कभी 'पिताजी' कहकर भी संबोधित कर देती थी। जैसे ही ओवर फ्लो हुआ, उसने घबराहट में वहीं से चिल्लाकर कहा,

"पिताजी-पिताजी! ये तो बह गया।"

मीता के पति तुरंत दौड़कर यह देखने आये कि क्या हो गया है और मीता सफ़ाई करने में जुट गयी।

अगले दिन, फिर मीता ने मैंगो शेक बनाने के लिये प्रोसेसर ऑन किया। शायद उसने फिर वही ग़लती दोहरा दी थी। नतीज़तन, लिक्विड फिर से ओवर फ्लो हो कर बहने लगा। लेकिन आज, वह कुछ कहती उससे पहले ही, पास में खड़ी उसकी बिटिया बोल उठी,

"ममा-ममा! देखो पिताजी बह गये।"

उसकी बात सुनकर मीता और उसके पति दोनों ही हँसे बिना नहीं रह सके।

प्रसंग-तीन

बात उस समय की है, जब मीता का बेटा दो साल का था। पहली मंज़िल पर स्थित उसके फ़्लैट की बालकनी की पैरापेट वॉल की ऊँचाई इतनी थी कि मीता को अपने बच्चे को कुर्सी पर खड़ा करना पड़ता था, ताकि उसे बाहर का दृश्य दिखाई दे सके। एक दिन की बात है मीता बच्चे को बालकनी में कुर्सी पर खड़ा करके, चीनी(शक्कर)-रोटी खिला रही थी।

तभी नीचे सड़क पर एक गाय आकर खड़ी हुई और उसने ढेर सारा गोबर कर दिया। बेटे को इतनी समझ आ चुकी थी, कि जब बच्चे पॉटी करते हैं, तो ममा सफ़ाई कर देती हैं। बेटा बड़े प्यार से बेटा मीता का गाल छू कर बोला,

"ममा,ममा! गग्गा की पॉटी साफ कर दो ना प्लीज़।"

मीता अवाक्, उसका मुँह देखती रह गयी और उसके भोलेपन पर हँसे बिना न रह सकी।

प्रसंग-चार

बात उस समय की है, जब मीता के बेटे की दूसरी वर्षगाँठ मनाई जा रही थी। इस अवसर पर बहुत से परिचित लोगों को बुलाया गया था। मीता और उसकी ननद, किचन में व्यस्त थे। मीता के पति ने एक चाय वाले को बुला रखा था, जो सब मेहमानों को चाय बनाकर दे रहा था।

उनका बेटा, नई लाल-लाल ड्रेस में, अपने छोटे-छोटे दोस्तों के साथ खेल रहा था। टॉफी खा-खाकर उन सब के होंठ और गालों पर चॉकलेट के भूरे निशान उभर आये थे।

परंपरानुसार, आमंत्रित अतिथि, बेटे को हैप्पी बर्थ डे बोलते और कोई उपहार का पैकेट, तो कोई रुपयों भरा लिफ़ाफ़ा पकड़ा देते।

थोड़ी देर में चाय वाला आकर मीता से बोला,

"आंटी देखिये तो। ये बच्चे क्या कर रहे हैं?"

मीता ने जाकर देखा तो बच्चे लिफाफे फाड़-फाड़कर रुपये अपनी जेब में रख रहे थे। बच्चों की जेबें नोटों से भरी थी। मीता और उसकी ननद को समझ में नहीं आ रहा था कि इनके भोलेपन पर हँसें या इन्हें डाँटे।

उन अबोध बच्चों से कुछ कहते, तो वे बिफर जाते या रोने लग जाते और बेकार ही रंग में भंग हो जाता। हालाँकि, उनमें से कुछ के माता-पिता साथ थे, लेकिन किसी से भी कुछ कहना अवसर के अनुकूल नहीं था। बहरहाल, उन्होंने बच्चों की इस अबोध क्रिया की देखी-अनदेखी कर देना ही उचित समझा। यह ज़रूर रहा कि उस बाल-लीला की वजह से, उन्हें कभी भी सही-सही पता नहीं लग पाया कि उस दिन किसने भेंट स्वरूप क्या दिया था? दशकों बीत जाने के बावजूद, मीता के मन में, उस बाल-सुलभ शैतानी की याद, आज भी उतनी ही तरोताज़ा है।

प्रसंग-पाँच

बात उस समय की है जब मीता का बेटा एक साल का था। मीता के पति तो सर्विस में थे ही, साथ ही वह ख़ुद भी सर्विस करती थी। दोनों के सर्विस में होने की वजह से, बच्चे को वे लोग एक क्रेच (पालना घर) में छोड़ा करते थे। ऑफ़िस छूटने पर शाम को, अकसर मीता और उसके पति, दोनों ही बालक को लेने पहुँच जाया करते थे। एक बार, मीता के पति उससे पहले पालना घर पहुँच गये। उन्होंने बेटे को स्कूटर के पीछे की सीट पर बैठा लिया और मीता स्कूटर के पीछे-पीछे अपनी लूना पर सवार चली आ रही थी।

दिन-भर से माँ-बाप से बिछड़ा बेटा, यद्यपि स्कूटर पर अपने पापा के साथ ही था, लेकिन मम्मी में भी उसकी जान अटकी हुई थी और वह बार-बार पीछे मुड़-मुड़कर अपनी ममा को देख रहा था। एक बार इतना ज़्यादा मुड़ गया कि उसका संतुलन गड़बड़ा गया, और वह सरक कर स्कूटर से नीचे गिर गया। एकदम से हुई इस दुर्घटना से वे दोनों घबरा

गये और जल्दी से उन्होंने अपनी-अपनी गाड़ियों को रोककर स्टैंड पर लगाया और सड़क पर गिर पड़े बेटे को उठाया। ग़नीमत थी कि स्कूटर की स्पीड बहुत कम थी, इसलिये उस दिन उसको चोट तो ज़्यादा नहीं आई, लेकिन बच्चा इस अप्रत्याशित दुर्घटना से बहुत घबरा गया और ज़ोर-ज़ोर से रोने लगा। आस-पास से गुज़र रहे लोग भी सहानुभूति पूर्वक रुक गये और मदद करने को तत्पर हो गये। लेकिन बच्चे को किसी तरह की कोई बड़ी चोट नहीं आई थी, इस बात से सभी को राहत सी मिली। लेकिन उस घटना से सबक लेकर, मीता और उसके पति ने अलग-अलग वाहनों पर, एक-दूसरे के आगे-पीछे चलने की आदत से हमेशा के लिये तौबा कर ली।

20.
बगिया में बंदर

चुन्नू, हिना की बगिया में,
बंदर खूब उछलते हैं,
कभी कूदें, कभी झूमें
उछल कूद वो करते हैं।
काला मुँह और लम्बी पूँछ,
मुँह चिढ़ाते, दाँत दिखाते,

टेलिफोन के तार पर, झूल-झूल के
सब को खूब डराते हैं।
धम-धम करके पूरी सेना,
जब घर पर आ जाती है,
चीं-चीं करके बगिया के सारे
फूल और पत्ते वो खा जाती है।
लुढ़के गमले, टूटे गुलाब,
और टूटती डालियाँ दिखती
बचाओ-बचाओ, जोर-जोर से,
डरते बच्चे चिल्लाते हैं।
दादाजी तब बाहर आते,
तेज़ी से अपनी छड़ी लहराते,
सुनकर दादाजी की गरजन और हप-हप,
तब बंदर डर जाते हैं।
खों-खों करके, कुछ खुखियाते,
बदन खुजाते, दाँत दिखाते,
डरते-डरते आगे बढ़ते, कुछ धमकाते,
नौ-दो ग्यारह हो जाते हैं।

21.
मंडप के नीचे

बात कुछ साल पुरानी है। विशाखा की एक सहेली के भतीजे की शादी थी। आजकल के चलन के अनुसार, लड़कीवालों को नरसिंहपुर से, गोटेगाँव बुलाया गया था। लड़केवालों की खास शर्त थी कि बारात की खातिर बड़े शानदार तरीके से की जाये। जब दूल्हे के घर खबर आयी कि लड़की वाले गोटेगाँव (लड़के के गाँव) पहुँच गये है, तो लड़के के छोटे भाई ने फोन करके पता किया। लड़कीवालों की ओर से लड़की की बुआ ने फोन उठाया,

"हाँ जी, हम गोटेगाँव पहुँच गये हैं।"

देवर ने शरमाते हुए पूछा,

"हमारी भाभी जी कहाँ हैं?"

तो बुआ जी ने मज़ाक में जवाब दिया,

"कौन दुल्हन? अरे, दुल्हन तो सर्विसिंग कराने गयी है।"

देवर अवाक् रह गया, फिर ठहाके मारकर हँस पड़ा। दरअसल दुल्हन, विवाह के लिये तैयारी के सिलसिले में ब्यूटीपार्लर गयी थी।

उस पूरी रात, बुआ जी का वह छोटा सा हास्य "दुल्हन तो सर्विसिंग कराने गयी है" सभी के मुँह पर चढ़ा रहा। जब भाई-बहनों और दूसरे रिश्तेदारों से घिरी दुल्हन फूलों से ढँके चँदोवे के नीचे, हौले-हौले कदम कदम बढ़ाती हुई वर को जयमाल पहनाने के लिये आगे बढ़ रही थी, तब से लेकर फेरों के समाप्त हो जाने तक, हर जगह, ये जुमला वर-पक्ष और वधू-पक्ष की युवा-पीढ़ी के बीच छेड़खानी का सबब बना रहा। दूल्हे की मित्र-मंडली और भाई-बहन रह-रहकर दूल्हा-दुल्हन को छेड़ते रहे कि

"भई वाह! भाभी तो डेंटिंग, पेटिंग और सर्विसिंग करवा के, चमचमाती हुई जयमाला डालने आई हैं।"

22.
बी-ब्लॉक का पार्क

करोड़ों की आबादी वाले एक महानगर की सीमाओं से सटे, उस उप-नगर के दम घोंटू फ्लैट्स में रहनेवालों के लिये बी-ब्लॉक पार्क एक वरदान के समान था। सुबह के समय, उगते हुए सूरज की सुनहरी किरणों में रँग बदलते, खुले आसमान के तले खिले फूलों से महकती फुलवारी हो, या पूर्णिमा के निश्छल चंद्रमा की मनमोहक चाँदनी में सरसराती हवाओं के बीच लहराते, चमकते पेड़ और उनकी छाया के नीचे बिछा घास का हरा-हरा कालीन। ये दृश्य वहाँ सैर करने या टहलने आनेवालों के हृदय को प्रसन्नता से उत्फुल्ल कर देते।

सुबह साढ़े-पाँच छः बजे के आसपास उगते सूरज के साथ और शाम को पाँच-साढ़े पाँच बजे की उतरती संध्या के साथ ही, बी-ब्लॉक का वह पार्क गुलज़ार हो जाता। छोटे-बड़े, नन्हे-मुन्ने, उम्र-दराज़ बुजुर्ग, सब

अपने-अपने घरों के दरवाज़ों से निकलकर पार्क में पहुँच जाते। ढलते सूरज की लालिमा और मंद-मंद बहती हवा के साथ ही पार्क में चलते फ़व्वारे भी लहराते। कोई पार्क की दीवारों से कुछ हटकर चारों ओर बने वॉकिंग ट्रैक में घूम रहा है तो कोई अकेला ही पार्क में जॉगिंग कर रहा है।

कितना खूबसूरत समाँ होता है, उस पार्क में, सुबह और शाम दोनों ही समय। बड़े-बूढ़ों, नन्हे-मुन्ने बच्चों और उनके माता-पिता का मेला सा लगा रहता है। भाँति-भाँति के दृश्यों को देखकर मन में दबा-छुपा तनाव और दिल में चल रही उधेड़बुन, कुछ देर के लिये ही सही, कहीं ग़ायब हो जाती है।

किसी ज़माने में घरों के आँगन में ही खुले आसमान के नीचे पीपल और नीम के पेड़ लहराते थे और घर के बड़े-बुज़ुर्ग ठण्डी, ताज़ी हवा में बैठकर बातें किया करते थे। जिस आँगन में दादा-दादी के चारों ओर नन्हे-मुन्ने बच्चे किलकारियाँ मारते खेलते रहते थे, उसी आँगन में माँ, बुआ, चाची या मौसी मिलकर भजन-कीर्तन भी किया करती थीं।

लेकिन अब तो ये सब, पुरानी बातें हो गयी हैं। बढ़ती जनसंख्या और घटती खुली भूमि के दौर में, आज की सच्चाई तो ये है कि स्वच्छ प्रकृति का ऐसा स्वास्थ्यकारी सानिध्य, अब बस काल्पनिक चित्रों में या दादी-नानी की कहानियों में अथवा दूर-दराज़ के छोटे कस्बों और गाँवों में ही ढूँढा जा सकता है।

अब तो मेट्रोपोलिटिन सिटीज़ के उप-नगरों में दूर-दूर तक फैले कॉंक्रीट के जंगल में, माचिस के डिब्बों के समान घुटे-घुटे फ्लैट्स में एकाध छोटी सी बालकनी ही होती है। आप उसमें चाहे कपड़े सुखाओ, चाहे दो चार गमले रख लो। लेकिन वैसी ताज़गी कहाँ मिलेगी जो खुले वातावरण में मिलती है? इसीलिए, सरकार द्वारा पोषित खेल के मैदान और बगीचे या अलग-अलग सहकारी आवासी कॉलोनियों में बने बी-ब्लॉक जैसे पार्क ही, आजकल महानगरों और उनके उपनगरों के निवासियों के लिए तरो-ताज़गी पाने का एकमात्र सुलभ साधन हैं।

चहल-कदमी करते हुए इस बी-ब्लॉक के पार्क में लगभग रोज़ ही भिन्न-भिन्न प्रकार के अनेक मनोरंजक दृश्य देखने को मिल जाते हैं।

दृश्य-एक

कहीं नन्हे-नन्हे बच्चे, पार्क में झूला झूल रहे हैं, तो कोई मासूम फिसल पट्टी पर फिसल रहा है और उसकी माँ भी साथ में खिलखिला रही है। कहीं कोई आया, नन्हे बच्चे को प्रैम (बच्चा-गाड़ी) में घुमा रही है, तो कोई नन्हा-मुन्ना पापा की गोद में चढ़ा नज़र आ रहा है और उसकी माँ बे मन से ख़ाली प्रैम को ठेल रही है।

दृश्य-दो

बड़ा ही भक्तिमय दृश्य है। हरी-हरी घास के आसन पर गोल घेरा बनाये, भक्ति रस में डूबी, बीस-पच्चीस बड़ी बुज़ुर्ग महिलायें तालियाँ बजा-बजा कर, भजन गा रही है। सभी के चेहरे पर एक वीरानी सी है और श्रृंगार उनको छू भी नहीं गया है। ऐसा लगता है, कि जैसे समय की धारा में बहते हुए ज़िंदगी में घटित हुए विभिन्न उतार-चढ़ावों का जीवनसाथी के साथ, कंधे से कंधा मिलाकर, सामना करने के बाद, असमय ही जीवनसाथी का साथ छूट जाने के बाद समाज में अकेलेपन और तरह-तरह की प्रताड़नाओं का शिकार हो रही ये विधवाएँ, दिन भर इस भजन

मंडली की बैठक जुड़ने के इस पल का इंतज़ार करती रहती हैं। यहाँ आकर कुछ समय के लिये उन्हें सभी घरेलू झंझटों से मुक्ति मिल जाती है और परलोक सुधारने की कामना में, वे सब एक साथ मिलकर समवेत स्वरों में, भजनों का गायन करती हुई ईश्वर की भक्ति में डूब जाती हैं।

दृश्य-तीन

सांसारिक आनंद और हास-परिहास भरा दृश्य नेत्रों के समक्ष आता है। घास के मुलायम बिछौने के बीच में से जाते वॉकिंग ट्रैक के दूसरी ओर सजी-धजी, खिलखिलाती, सधवा महिलाएँ बैठी है, सुखी वैवाहिक जीवन और सुहाग के आनंद से परिपूर्ण। वे हँस-हँसकर अपने पति और बच्चों के बारे में बातें करती हुई एक दूसरे से चुहलबाज़ी करती हैं और बीच-बीच में कभी खुलकर खिलखिला रही हैं तो कभी चेहरे पर आते-जाते भावों को छिपाने का असफल प्रयास करती नज़र आती हैं ।

दृश्य-चार

आह ये क्या? सहसा हृदय में सहज ही श्रद्धा के भाव उत्पन्न कर देने वाला अद्भुत सा दृश्य आँखों के सामने आ जाता है। एक उम्रदराज़ आँटी, अपने बुज़ुर्ग पति का हाथ थामे, धीमी-थकी हुई चाल से, पार्क के गेट से बाहर जा रही हैं। जीवन की सांध्य-बेला में, अन्तिम साँस तक एक दूसरे का साथ निभाने के वचन का पालन करते हुए, वह बुज़ुर्ग जोड़ा, संभलकर, धीरे-धीरे अपने नीड़ की ओर कदम बढ़ा रहा है।

दृश्य-पाँच

वहाँ देखिये तो। वहाँ से कुछ तेज़-तेज़ हँसने की आवाज़ आ रही है। कुछ लोग हरी-हरी दूब से सज्जित गार्डन में अपनी-अपनी चादरों को बिछाकर उस पर योगासनों का अभ्यास कर रहे हैं। सफेद-कुरते पायजामे में लगभग चौबीस पच्चीस साल का एक योग टीचर, उन्हें योगासन सिखा रहा है। कृत्रिमता और तनाव से भरी ज़िंदगी में योगासनों के माध्यम से मन की शांति और स्थिरता के लिए अभ्यास करते ये लोग, हास्य आसन का अभ्यास करते-करते, ज़ोर-ज़ोर से हँस रहे है।

दृश्य-छः

गार्डन के एक कोने में ये जूडो-कराते की क्लास चल रही है। छोटे-छोटे लड़के-लड़कियाँ, सफेद कपड़ों पर बैल्ट बाँधकर, जूडो-कराते सीख रहे है। क्लास ख़त्म होने पर, वे ही बच्चे छुपन-छुपाई या और कोई खेल खेलने लग जाते हैं और सांझ ढलते-ढलते अपने-अपने घर का रुख कर लेते हैं ताकि घर जाकर अगले दिन स्कूल जाने के पहले थोड़ी पढ़ाई लिखाई या अपना होम-वर्क पूरा कर लें।

दृश्य-सात

अरे! यहाँ ग़ज़ीबो (पार्क में, चारों ओर से खुली, लेकिन खंभों के सहारे टिकी छत के नीचे बैठने की जगह) के नीचे, ये सफेद-सफेद बालों वाले ढेर सारे बुज़ुर्ग पुरुष बैठे हैं, रिटायर्ड लाइफ़ को एंजॉय करते हुए। शुरू में तो वे बातें कर रहे थे और हँस रहे थे। कुछ देर बाद वे ही लोग ताली बजा-बजाकर भजन करने लग जाते हैं।

अद्भुत है, बी-ब्लॉक के पार्क की ये छोटी सी दुनिया, जहाँ आकर, सब लोग अपनी सारी चिंताएँ भूल जाते है। नज़ारे अलग-अलग, लेकिन फिर भी आपस में गड्ड-मड्ड। माँ या दादी अम्माँ का हाथ थामे नन्हे, ढुमकते नौनिहाल हों या रनिंग ट्रैक पर दौड़ते युवा लड़के और लड़कियाँ, तेज़ कदमों से चलती हुई युवतियाँ और महिलाएँ हों या बड़े बुज़ुर्ग, सब एक अनजानी सी ऊर्जा से भर जाते हैं, कुछ देर के लिये यहाँ आकर।

मानव जीवन के अलग-अलग पक्षों को उजागर करती, उम्र के विभिन्न चरणों से गुज़र रहे लोगों की, अलग-अलग गतिविधियों पर आधारित, भाँति-भाँति के इन दृश्यों को एकसाथ एक ही स्थान पर देखने की एक अलग ही अनुभूति होती है। इन दृश्यों के साक्षी बनने वाले हर दर्शक के लिए, इनमें कुछ न कुछ समाया हुआ है, किसी के लिए आनंद का अनुभव तो किसी के लिए उम्र में आगे आने वाले पड़ाव से परिचित होने का अवसर।

23.
प्यार के दो बोल

किरण के मम्मी-पापा, ने जीवन के उत्तरार्ध में, एक परंपरा सी बना ली थी और हर साल अपने जन्मदिन पर वे सरकारी अस्पताल में भर्ती मरीज़ों को फल बाँटने अवश्य जाते थे। किरण की मम्मी के अनन्त यात्रा पर चले जाने के बाद, उसके पापा इस परंपरा को अटूट रूप से बनाए रखने का संकल्प सदा निभाते रहे। मम्मी के देहावसान के अगले वर्ष उनका जन्मदिन आने पर, किरण अपने पापा के साथ ज़िले के सरकारी सिविल अस्पताल में फल बाँटने पहुँची थी, लगभग पच्चीस दर्जन केले और इतने ही सेव।

अस्पताल के डॉक्टर्स व स्टाफ हमेशा की तरह बहुत को-ऑपरेट कर रहे थे। दो वार्ड बॉय, स्ट्रेचर पर फलों की बास्केट लिये, उनके साथ-साथ चल रहे थे। एक नर्स भी भलमनसाहत में उनके साथ-साथ चल रही थी। चाइल्ड यूनिट, जरनल वार्ड और सबसे ज्यादा ख़ौफ़नाक बर्न वार्ड (जिसमें मुँह पर मास्क पहनकर जाना होता था, जिससे कि वहाँ भर्ती मरीज़ किसी अनचाहे इंफेक्शन से बचे रहें), इन सब में फल बाँटते हुए, किरण और उसके पापा पुरुष वार्ड में पहुँचे। सभी लोग बड़ी खुशी से उन फलों को ले रहे थे। फल लेकर, कोई हैप्पी बर्थ डे बोलता, कोई थैंक्यू, तो कोई और दुआएँ देता।

पुरुष वॉर्ड में, किनारे के एक पलंग पर एक काला सा, लम्बा, लेकिन कमज़ोर आदमी करवट लेकर लेटा हुआ था। सिस्टर ने हँसकर उससे कहा,

"देखो तुमसे मिलने कौन आया है?"

"कौन है?"

उसने करवट बदलकर सिर उठाकर देखा।

"देखो। किरण दीदी तुमसे मिलनी आयी हैं।"

"अच्छा।"

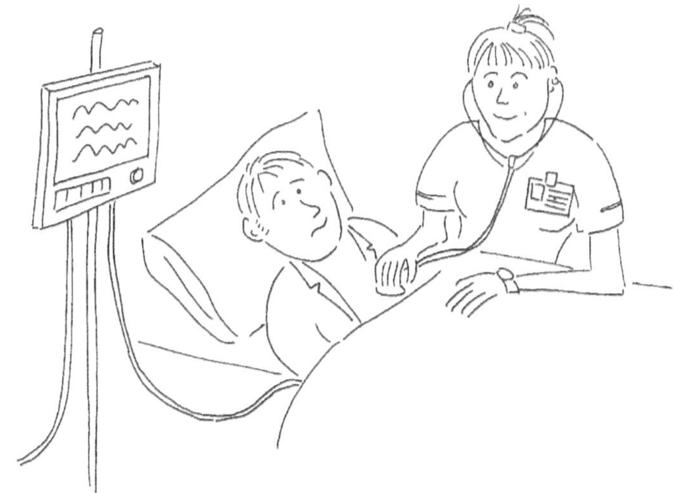

उसकी सूनी आँखों में खुशी और आश्चर्य का मिलाजुला भाव था। किरण ने मुस्कुराते हुए उसके पलंग की साइड टेबल पर फल रखे, तो उसने भावातिरेक में दोनों हाथ जोड़ दिये। किरण ने बाहर निकलकर नर्स से पूछा,

"ये कौन है, सिस्टर?"

"दीदी! ये एक लावारिस पेशेंट है। सड़क से उठाकर इन जैसे बीमार लोगों को पुलिस वाले और कुछ भले लोग अस्पताल में एडमिट करा देते है। सरकार की ओर से यहाँ इनका सभी संभव इलाज होता रहता है। ये गाँव से कमाने आये मजदूर भी हो सकते है, रिक्शे वाला या अपनों से ठुकराये गये वृद्धजन। न इन से कोई मिलने आता है, न कभी कोई हालचाल पूछता है, न इनकी खोज खबर लेता है। ऐसे ही पड़े-पड़े कई दिन निकल जाते हैं।"

बचपन से माता-पिता के लाड़-दुलार और भरे-पूरे घर-संसार में पली किरण, सिस्टर की बात सुनकर सिहर उठी थी। अचानक ही किरण की आँखों की कोरों में आँसू झलक आये थे। वह सोच रही थी कि क्या हम जैसे सक्षम लोगों का ये कर्त्तव्य नहीं है कि समाज से ठुकराये इन लोगों से प्यार के मीठे दो बोल ही बोल दें?

24.
रिक्शावाला

कहा जाता है कि व्यक्ति आर्थिक रूप से ज़रूरतमंद हो सकता है लेकिन ईमानदारी और उच्च नैतिक आदर्श किसी की वित्तीय आवश्यकताओं के आगे नतमस्तक नहीं होते। एक ऐसी ही घटना कोई पंद्रह-सोलह साल पहले की है। तब स्वर्णलता, दिल्ली यूनिवर्सिटी के एक उत्कृष्ट महिला महाविद्यालय में अध्ययन-रत थी। उसे दिल्ली में रहते हुए मुश्किल से कोई दो या तीन माह ही बीते थे कि एक बार अपने पर्स को लेकर सावधान न रहने की लापरवाही के कारण वित्तीय परेशानी में घिरने की स्थिति में पहुँच गई थी।

स्वर्णलता, मध्यम दर्जे के एक छोटे शहर की रहनेवाली थी, जहाँ से उसने केन्द्रीय माध्यमिक शिक्षा मंडल की बारहवीं कक्षा तक की पढ़ाई, अंग्रेज़ी माध्यम से लगभग इक्यानवे प्रतिशत (91%) अंकों से उत्तीर्ण की थी। बारहवीं कक्षा में अच्छे अंक आने पर उसके माता-पिता ने उसके सुनहरे भविष्य की आशा रखते हुए, दिल्ली के सर्वोत्कृष्ट महिला महाविद्यालय में उसका एडमीशन करवा दिया। महाविद्यालय के होस्टल में जगह न मिल पाने के कारण, उसके माता-पिता ने रहने की व्यवस्था भी, महाविद्यालय के समीप ही, लड़कियों के एक निजी पेइंग-गेस्ट होस्टल में कर दी थी।

एक दिन उसकी रूम-मेट (सहेली) को बाज़ार से एक टॉप खरीदना था। इसलिये शाम को वे दोनों, होस्टल के नज़दीक के एक मार्केट में गयी थी। होस्टल से निकलते समय स्वर्णलता ने चेक किया तो उसके पर्स में पाँच सौ रुपये पड़े थे। वह निश्चिंत होकर सहेली के साथ चली गई। उसकी सहेली को बाज़ार में एक टॉप पसंद आ गया, लेकिन उसके पास कुछ रुपये कम पड़ गये थे। स्वर्णलता ने पर्स में से पाँच सौ रुपये का

नोट निकाला और अपनी सहेली को दे दिया। उसकी सहेली ने टॉप खरीद लिया और फिर वे दोनों सायकल रिक्शा से होस्टल की ओर चल पड़ीं।

होस्टल से कुछ दूर ही, इन लोगों ने रिक्शा वाले को छोड़ दिया, क्योंकि वहाँ स्टेट बैंक के ए.टी.एम. से, स्वर्णलता की सहेली को रुपये निकालने थे। ए.टी.एम. से पैसे निकालकर, सहेली ने स्वर्णलता को पाँच सौ रुपये लौटा दिये। स्वर्णलता उन पाँच सौ रुपयों को अपने पर्स में रखना चाह रही थी। तभी उसका ध्यान इस ओर गया कि उसके हाथ में तो पर्स है ही नहीं। अब वे दोनों सहेलियाँ बुरी तरह घबरा सी गईं कि पर्स कहाँ चला गया?

उन्होंने ए.टी.एम. के आसपास का हिस्सा ढूँढ डाला। सीढ़ियाँ छानीं, सड़क पर यहाँ-वहाँ सब तरफ़ सावधानी से देखा कि वह छोटा सा पर्स कहीं नज़र आ जाये। लेकिन पर्स नहीं मिला। अब एक ही संभावना बच रही थी कि हो सकता है पर्स असावधानीवश, चढ़ते या उतरते समय हाथ से छूटकर रिक्शा में गिर गया हो। लेकिन तब तक रिक्शावाला तो वहाँ से जा चुका था। रिक्शावाला भी अनजान आदमी ही था और वह किधर की ओर निकल गया था उन्हें कैसे मालूम होता? भविष्य में अगर कभी वो रिक्शावाला मिल भी जाए और कह दे कि उसे कोई पर्स नहीं मिला तो वे क्या कर पाएंगी? उनके पास कोई पक्का सबूत तो था नहीं कि पर्स रिक्शा में ही गिरा होगा। कुल-मिलाकर, हाल-फिलहाल पर्स के वापस मिल पाने की कोई भी संभावना धूमिल ही नज़र आ रही थी।

हारकर, स्वर्णलता ने अपने पापा को फ़ोन मिलाकर रुआँसे स्वर में कहा कि,

"पापा! मेरा पर्स कहीं गिर गया है। उसमें दो ए.टी.एम कार्ड थे, कॉलेज का आई कार्ड था और कुछ चिल्लर पैसे पड़े थे। अब हम क्या करें?"

उसके पापा ने उसे दिलासा दिया कि परेशान न हो, बैंक में अप्लाय करने पर नया ए.टी.एम. कार्ड भी मिल जाएगा और कॉलेज से डुप्लीकेट आई कार्ड भी मिल सकता है। उसके पापा ने फ़ौरन, रात को नौ-दस बजे के बीच बैंक को ई-मेल किया और बैंक के टोल फ्री नम्बर पर फ़ोन करके, ए.टी.एम. कार्ड ब्लॉक कराने की बात कर ली और यह सुनिश्चित किया कि कोई भी उस कार्ड का अनाधिकृत या अनुचित उपयोग न कर सके। यह सब करने के बाद, उन्होंने बिटिया को फोन करके समझाया कि,

"परेशान होने की ज़रूरत नहीं है, जब तक नया ए.टी.एम. कार्ड नहीं आ जाता, तब तक तुम विथड्रॉअल फार्म भरकर, बैंक से पैसे निकाल लिया करना।"

उसने तो फ़ोन पर हामी भर ली, लेकिन उसके मम्मी-पापा को यह चिंता सता रही थी कि बिटिया को कुछ ही दिन पहले पढ़ाई के लिए, वे दिल्ली छोड़कर आए थे। उस नई जगह, वहाँ उसकी कुछ ज़्यादा जान पहचान तो थी नहीं, ऐसे में अचानक ज़रूरत पड़ने पर कैसे वह अपना काम कर पाएगी? क्योंकि, सुबह साढ़े आठ बजे से कॉलेज की क्लासेज़ अटेंड करनी होती थीं, जो शाम साढ़े तीन-चार बजे तक चलती थीं। ऐसे में उसके लिये बैंक जाकर विथड्रॉअल करना थोड़ा मुश्किल हो सकता है।

लेकिन भगवान् की कृपा से कुछ ऐसा चमत्कार हो गया कि अगले ही दिन शाम को लगभग सात बजे उनके पास बिटिया का फ़ोन आ गया कि हमारा पर्स मिल गया है। मम्मी ने पूछा,

"कैसे?"

"मम्मी! पर्स एक रिक्शे में गिर गया था। परंतु, रिक्शावाले ने जाकर पर्स एक चश्मेवाले की दुकान पर दे दिया था और दुकानदार ने मुझे बुलाकर मेरा पर्स लौटा दिया है।"

इस बात को जानकर स्वर्णलता के माता-पिता के दिल पर से एक भारी बोझ उतर गया था। उत्सुक माता-पिता का विवरण के बारे में पूछताछ करना अत्यंत स्वाभाविक ही था। बिटिया ने जो सिलसिलेवार घटनाक्रम उन्हें बताया, उसके अनुसार, रिक्शावाला बहुत ईमानदार रहा होगा। उसने लड़कियों के हावभाव से यह अंदाज़ा तो आसानी से लगा लिया होगा कि वे किसी दूसरे स्थान की रहने वाली हैं और यहाँ दिल्ली में उच्च शिक्षा के लिए आई हुई हैं। परंतु लड़कियाँ कहाँ रहती है, यह उसे समझ में नहीं आया होगा, क्योंकि वे लोग किसी कॉलेज के पास या किसी घर के पास तो उतरी नहीं थीं। वे तो एक ए.टी.एम, के पास उतर गई थीं और वहाँ से फिर कहाँ गईं, उसे पता नहीं चल पाया था।

लेकिन पर्स में उसे ***** ऑप्टिकल्स का एक कार्ड मिल गया। वह ज़रूर थोड़ा बहुत शिक्षित रहा होगा, तभी तो खुद उस कार्ड को पढ़कर या किसी से पढ़वा कर, उसने जैसे भी किया, लेकिन वह पर्स में मिले कार्ड के पते पर उस दुकान तक जा पहुँचा। काफ़ी समझदारी से काम लेते हुए, उसने वह पर्स उस दुकान पर लौटाना उचित समझा जिसका कार्ड उस पर्स में था। शायद उसे ए.टी.एम. कार्ड और कालेज के आई कार्ड की ज़रूरत के बारे में मालूम रहा होगा तभी तो उसने पर्स को दुकानदार तक पहुँचाने का काम किया और दुकानदार ने भी उसे आश्वस्त कर दिया होगा कि उसके मार्फ़त, पर्स उसकी सही हक़दार लड़की तक पहुँच जाएगा।

असल में हुआ यूँ कि आई कार्ड पर चेहरा और नाम देखते ही, उस दुकान के मालिक या किसी कर्मचारी ने यह अनुमान लगा लिया था कि वह पर्स स्वर्णलता का होगा क्योंकि वह हमेशा चश्मे और कान्टेक्ट लैंस संबंधी कामों के लिये उसी दुकान पर आया करती थी और दो या तीन दिन पहले ही वहाँ से कॉन्टेक्ट लैंस लेकर गई थी।

संयोग से ***** ऑप्टिकल्स के पास उसका मोबाइल नम्बर भी बिल बुक में नोट मिल गया था। दुकानदार ने रिक्शावाले को उसकी ईमानदारी के लिए पचास रुपये का ईनाम देकर, उससे पर्स ले लिया और फिर, उन्होंने स्वर्णलता को फ़ोन करके दुकान पर बुलाया और ज़रूरी तसदीक के बाद उसे उसका पर्स लौटा दिया।

यदि वह पर्स न भी मिलता तो भी काम तो किसी तरह चल ही जाता लेकिन पर्स के, समय से वापस मिल जाने से जिस मानसिक संत्रास से मुक्ति मिली थी, वह स्वर्णलता और उसके माता-पिता के लिए अविस्मरणीय है। वे लोग ***** ऑप्टिकल्स द्वारा की गई, उस अनपेक्षित सहायता को कभी भुला नहीं पाएंगे।

उस ग़रीब अनजान सायकल रिक्शावाले की ईमानदारी के प्रति भी, उनका हृदय सदैव कृतज्ञ बना रहेगा, जिसकी समझदारी भरी त्वरित और सही कार्रवाई के कारण ही महत्वपूर्ण डॉक्यूमेंट्स वाला पर्स, उचित समय से सही जगह पर लौट सका। रिक्शावाले की इस पहल ने, न केवल तात्कालिक रूप से उन लोगों को बहुत बड़ी मानसिक राहत पहुँचाई थी बल्कि खोये हुए ए.टी.एम. कार्ड के स्थान पर बैंक से दूसरा कार्ड प्राप्त करने और कॉलेज का नया आई.डी. कार्ड बनवाने में होने वाली परेशानी और शर्मिंदगी से बचने में भी राहत दिला दी थी।

25.
जागरूक नागरिक

ढाई बजे की ट्रेन के लिये वे दोनों पति-पत्नी, सूरज और रश्मि, डेढ़ बजे ही निज़ामुद्दीन प्लेटफार्म पर पहुँच गये थे। ट्रेन प्लेटफार्म पर खड़ी थी, लेकिन उसके दरवाजे अंदर से लॉक्ड (तालाबंद) थे। सूरज की तेज़ रोशनी में आँखें चौंधिया रही थीं। वे दोनों ए.सी. टू टीयर कोच के सामने खड़े थे और कोच के खुलने का इंतज़ार कर रहे थे, तभी उनसे कुछ ही दूर एक युवक आ कर रुका। वह नीली शर्ट पहने था और उसके पास दो बड़ी-बड़ी अटैचियां थी। तीन चार कुली गैस के पाँच गैस सिलेंडर ढोकर उसके साथ आये थे। ट्रेन के दरवाज़े बँद होने के कारण, वे प्लेटफॉर्म पर खड़े होने को बाध्य थे।

सूरज और रश्मि ने प्रश्नसूचक निगाह से एक दूसरे की ओर देखा। क्या सुपरफास्ट ट्रेन के ए.सी. कोच में गैस के सिलेंडर ले जायेगा यह बन्दा?

वो दिखने में तो ऑक्सीजन सिलेंडर के जैसे लग रहे थे, लेकिन उनमें कौन सी गैस भरी हुई थी ये कैसे किसी को पता लग पाता, जब तक सही तफ़तीश न की जाये। आर.पी.एफ. के एक जवान ने आकर उसे टोका, फिर उनमें इशारों-इशारों में कुछ बात हुई। एक बीस-इक्कीस साल का कुली, उस जवान के कंधे पर हाथ रखकर उसे एक तरफ़ ले गया। यह कोई भी समझ सकता था कि उन लोगों की कुछ सेटिंग हो गयी थी। चंद पैसों के लिये, सिलेंडर उठाकर लाया कुली, उस युवक का मददगार बना था, इस बात से बिलकुल बेपरवाह कि वह ट्रेन में सफ़र करने वाले कितने बेगुनाह यात्रियों की जिंदगी को खतरे में डालने के ख़तरनाक काम को अंजाम दे रहा था।

सूरज ने अपने कुली से कहा,

"ज़रा पता करके आओ क्या माजरा है?"

कुली ने आकर बताया कि साहब वो कह रहा है आगरा से कोई पेशेंट चढ़ना है। सूरज को आश्चर्य हुआ कि एक पेशेंट पर रात भर की यात्रा में तो एक ऑक्सीजन सिलेंडर भी खर्च नहीं होता, तो फिर ये पाँच-पाँच क्यों? दूसरी बात ये थी कि अगर पेशेंट आगरा से चढ़ना है तो सिलेंडर वहाँ भी आ सकता था, निज़ामुद्दीन से ढोया जाना, तर्कसंगत नहीं लगता था। वैसे भी यह घटना कोरोना महामारी के फैलने से बहुत पहले की है और तब ऑक्सीजन सिलेंडर के लिये मारा-मारी सुनने में नहीं आयी थी।

इससे पहले कि उसे किसी की दरियाफ़्त का जवाब देने की नौबत आये, दरवाज़े खुलते ही उस युवक ने आनन-फ़ानन में, अपना सारा सामान उन कुलियों से कोच में लोड करा लिया। ट्रेन अपने निर्धारित समय पर चल दी। वह बंदा, बड़े ही निर्लिप्त अंदाज़ से, उस कोच के एक कंपार्टमेंट में बैठा नज़र आ रहा था। रश्मि को बड़ी बेचैनी हो रही थी। उसे ऐसा लग रहा था, जैसे ट्रेन में टाइम बॉम्ब चल रहे हों। भगवान् न करे, अगर कोई हादसा हो जाये तो न कितने लोगों की

जिंदगी खतरे में पड़ जाएगी? छोटे-छोटे बच्चे ताश खेल रहे थे। एक म्युज़िकल ग्रुप भी साथ में सफ़र कर रहा था। एकदम पीछे वाली ए.सी. थ्री टीयर बोगी में सेना के 25-30 जवान भी सफ़र कर रहे थे। रश्मि ने सूरज से कहा कि,

"हमें कुछ करना चाहिये। ये हमारा कर्त्तव्य है कि संबंधित अधिकारियों तक यह बात पहुँचे?"

परन्तु, सूरज किसी बेकार के पचड़े में उलझने के पक्ष में नहीं था। उसकी भाव-भंगिमा से तटस्थता झलक रही थी। उसने लापरवाही से जवाब देते हुए कहा कि,

"तुमने भी तो देखा था कि प्लेटफ़ॉर्म पर उस कुली ने आर.पी. एफ. वाले से सब सेटिंग जमा ली थी। मुझे तो लगता है कि अगर हम शिकायत करेंगे भी, तो कोई कुछ करने वाला नहीं है। वैसे भी ट्रेन अब छूटने ही वाली है। इसलिये अब चुपचाप ही रहो।"

लेकिन रश्मि की बेचैनी बढ़ती जा रही थी। उसका हृदय कचोट रहा था। उसे लग रहा था कि इस ख़तरे से बेख़बर, दूसरे यात्रियों की जान पर संभावित इतने बड़े खतरे को नज़रअंदाज़ करना कानूनी और नैतिक दोनों ही तरह से अनुचित है। कुछ लालची लोगों के द्वारा आपस में सेटिंग करके किया जा रहा यह कुकृत्य, रोका ही जाना चाहिये। उसने सावधानी से डिब्बे का एक चक्कर लगाकर देखा तो कहीं भी सिलेंडर दिखायी नहीं दे रहे थे, लेकिन जिन सिलेंडरों को उसने ख़ुद, अपनी आँखों से लोड होते हुए देखा था, वे इस तरह ग़ायब तो हो नहीं सकते, ख़ासकर तब जबकि निज़ामुद्दीन से रवाना होने के बाद ट्रेन अभी तक कहीं रुकी ही नहीं थी। शायद बहुत सावधानी से सीटों के नीचे छिपा दिये गये होंगे। वह नीली शर्ट वाला युवक ज़रूर लापरवाह सी सूरत बनाये दस नंबर बर्थ पर बैठा दिखाई दे रहा था।

तभी रश्मि की निगाह दरवाज़े के पास वाली बर्थ पर काला कोट पहने बैठे व्यक्ति पर पड़ी। शायद यही टी.सी. होगा यह सोचकर, रश्मि ने उसके पास जाकर पूछा कि,

'क्या आप ही इस डिब्बे के इंचार्ज है?'

'हाँ मैडम जी।'

'वह यात्री, जो इस समय दस नंबर बर्थ पर बैठा है, वह इसी कोच में पाँच गैस के सिलेंडर लेकर चढ़ा था। पैसेंजर कोच में गैस सिलेंडर का होना ठीक नहीं है।'

'अच्छा! कहाँ रखे हैं?'

'ये आप चेक कर लीजिये।'

टी.सी. तुरंत हरकत में आया। वह उठा और उसने जाकर उस बंदे से टिकट, आई कार्ड आदि दिखाने को कहा और आवश्यक पूछताछ की। रश्मि को अभी भी यह संदेह था कि कहीं टी.सी. से भी सेटिंग न हो जाये नहीं तो पता नहीं क्या हो? ये सिलेंडर कहीं किसी की जान लेने का सबब न बन जायें।

लेकिन, टीसी कर्तव्यनिष्ठ था। ट्रेन का अगला स्टॉपेज आगरा में था। उसने आगरा स्टेशन के ज़िम्मेदार वरिष्ठ अधिकारियों से मोबाइल पर संपर्क कर उन्हें सूचना दी। आगरा स्टेशन पर ट्रेन रुकते ही, जी.आर. पी. के चार जवान डिब्बे में चढ़ आये और नीली शर्ट वाले युवक को गिरफ्त में ले लिया। इधर-उधर सीटों के नीचे दबा-छुपा कर रखे गये सिलेंडरों को निकलवा कर उन्होंने आगरा स्टेशन पर उतार लिया और युवक को अपने साथ पकड़ कर ले गये।

रश्मि ने इस ज्यों ही यह दृश्य देखा तो जैसे उसकी जान में जान आ गयी। उसने तुरंत ही सूरज को वह दृश्य दिखाया। अब वे दोनों ही काफ़ी आश्वस्त और संतुष्ट अनुभव कर रहे थे और उनका यह विश्वास भी दृढ़ हो गया था कि देश में ऐसे कर्त्तव्यनिष्ठ अधिकारियों और कर्मचारियों की कमी नहीं है, जो थोड़े बहुत रिश्वत के पैसों की जगह लोगों की जान की परवाह ज़्यादा करते हैं। उनकी वजह से ही नागरिकों का जीवन सुरक्षित भी है। धन्य हैं, ऐसे कर्त्तव्यनिष्ठ अधिकारी।

यदि सभी नागरिक अपने आसपास होने वाली घटनाओं के बारे में जागरूक और ज़िम्मेदार रहें, अपनी आँखें खुली रखें और सावधानीपूर्वक कानून की रक्षक एजेन्सियों को समय से सूचित कर दें तो किसी भी बड़ी से बड़ी संभावित दुर्घटना को भी टाला जा सकता है।

26.
दिन दहाड़े

बात लगभग तीस वर्ष पुरानी होगी। अंकिता मुँबई में एक फ्लैट में रहती थी। अधिकतर फ्लैट एक मेन डोर वाले होते थे, जो सीधे ड्रॉइँग रूम में खुलते हैं। घर से बाहर निकलने का दूसरा कोई का द्वार ही नहीं होता। उन दिनों बैंकों में डकैतियाँ होने और बैंकों में आने-जाने वाले लोगों के साथ भी लूटपाट की बहुत सी घटनाएँ सामने आई थीं।

अंकिता का खाता और लॉकर बैंक की जिस ब्राँच में था, वह उनके घर से काफ़ी दूरी पर थी। यह पता चलने पर कि उसी बैंक की एक नई शाखा कुछ ही दिनों पहले उनके घर के नज़दीक भी खुल गई है, अंकिता और उसके पति ने यह तय किया कि दूर वाली बैंक की शाखा से अपना लॉकर बँद करके पास वाली ब्राँच में कर लें। नज़दीक की ब्रांच के मैनेजर से लॉकर मिल जाने का आश्वासन मिलने के बाद एक शुक्रवार की शाम को अंकिता के पति सभी सामान दूर वाली ब्रांच के लॉकर से निकाल कर ले आये, जिससे कि शनिवार की सुबह सारा सामान बैंक की नज़दीकी शाखा में लॉकर लेकर जमा कर दें। वैसे तो शनिवार को उनकी छुट्टी रहती थी, लेकिन संयोग से उसी शनिवार को अंकिता के पति को किसी काम से ऑफ़िस बुला लिया गया और उन्हें सुबह जल्दी ही घर से ऑफ़िस के लिए जाना पड़ गया। लॉकर से घर लाया हुआ कीमती सामान घर ही में पड़ा रह गया। सामान्य रूप से वैसे भी घर में रहते हुए सामान को कोई ख़तरा हो सकता है, ऐसा तो कोई कभी सोचता ही नहीं है, विशेषकर जब आप स्वयं घर में ही हों।

पति के ऑफ़िस और बिटिया के स्कूल जाने के बाद, अंकिता ज़रा सा लेटी ही थी कि कॉल बेल बजी। अंकिता ने उठकर दरवाजा खोल दिया, लेकिन ग़लती से वह मेन डोर की सेफ़्टी चेन लगाना

भूल गई। दरवाज़े पर दो स्मार्ट से दिखने वाले नवयुवक खड़े थे। उनमें से एक के कँधे पर एक बैग लटका हुआ था। उसने बड़े ही आदरभाव से और आत्मविश्वास के साथ उसके पति का नाम लेते हुए पूछा कि

"क्या साहब घर पर हैं?"

"नहीं, वे तो ऑफिस चले गये हैं, आप कौन?"

"हम .... बैंक से आये हैं। ज़रा पेन पेपर दीजिये, हम अपना नाम लिख दें।"

यहीं अंकिता धोखा खा गई। जैसे ही वह पेन-पेपर लेने मुड़ी, वे दोनों एकदम से अंदर घुस आये और दरवाजा अंदर से बंद कर दिया। एक ने बिजली की तेज़ी से आगे बढ़कर अंकिता के गले पर चाकू अड़ा दिया, और बोला,

"अलमारी की चाबी दो।"

अंकिता कभी-कभी चाबी अलमारी में ही लगी छोड़ दिया करती थी और दुर्भाग्य से आज भी वैसी ही लगी हुई थी। उन युवकों को तो मन माँगी मुराद ही मिल गई थी। लॉकर खोला और गहने निकालकर कुछ जेब में और कुछ साथ लाये बैग में भर लिये। बमुश्किल दो-तीन मिनट के समय में ही यह सब घटित हो गया। फिर उनमें से एक ने अंकिता से कहा कि,

"तुम्हारे पति हमारे कब्ज़े में है। यदि तुमने दो-तीन घंटे तक किसी को फोन किया, या चिल्लाई तो हम उनको मार डालेंगे। अगर चुपचाप रहोगी तो तीन-चार घंटे बाद वो सकुशल घर पहुँच जाएँगे। फैसला तुम्हारा है।"

इतना कहकर वो तेज़ी से बाहर निकले और दरवाजा बाहर से बंद कर दिया, जिससे कि अंकिता घर से बाहर निकल ही न सके। स्तब्ध और किंकर्त्तव्यविमूढ़ अंकिता, धम्म से फर्श पर दीवार से पीठ सटाकर बैठी रह गयी।

लुटेरे उसकी आँखों के सामने, उनकी जीवन भर की पूंजी, लूटकर चलते बने और वह पत्थर की मूर्ति की भाँति, भय से विस्फारित आँखें लिए, जड़ सी बैठी रही।

दो-ढाई घंटे बाद, जब उनकी बिटिया स्कूल से घर आयी तो बाहर से दरवाज़े को बंद देखकर कुछ अचरज में पड़ गई कि आख़िर माजरा क्या है? ऐसा तो इससे पहले कभी हुआ नहीं कि वह स्कूल से लौटे और मम्मी दरवाजे पर खड़ी न मिलें। क्योंकि दरवाज़े पर ताला तो था नहीं, इसलिये वह दरवाज़ा खोल कर जैसे ही अंदर आई, मम्मी को अजीब सी स्तब्ध, निःशब्द हालत में देखकर वह और अधिक परेशान होती हुई चिंता से भर उठी। उसने कंधा पकड़कर माँ को हिलाया और उससे सच्चाई जाननी चाही। लेकिन माँ उसकी बातों पर कोई प्रतिक्रिया दे ही नहीं पा रही थी।

उसने तुरंत पापा को फोन लगाया और माँ की अजीब हालत की सारी जानकारी दी। उनकी बातें सुनकर अंकिता की चेतना वापस लौट आई और उसकी स्तब्धता टूटी। उसे यह भान हो चुका था कि उसके पति तो सकुशल अपने ऑफिस में ही बैठे हुए हैं और वे लुटेरे, उसे धोखे में डालकर, उसके घर में अकेले होने का लाभ उठाते हुए, उनके सभी

स्वर्ण आभूषण और नकद धनराशि लूटकर चंपत हो चुके थे। अब तो बस आख़िरी रास्ता पुलिस में रिपोर्ट लिखवाने का ही था और उन्हीं के माध्यम से बरामदगी की उम्मीद की जा सकती थी।

रिपोर्ट लिखवाई भी गई लेकिन बरामदगी कभी हो नहीं पाई। हो सकता है कि कालान्तर में पुलिस द्वारा वह प्रकरण फाइल भी कर दिया गया हो। इस बारे में कोई जानकारी प्राप्त करने की उन्होंने कभी कोशिश भी नहीं की, क्योंकि इस घटना के कुछ ही समय बाद अंकिता के पति का वहाँ से अन्यत्र स्थानांतरण हो गया था और फिर वे कभी वहाँ गये ही नहीं।

हाँ, एक सवाल आज तक अंकिता और उसके पति को अकसर परेशान करता है और वह यह कि क्या ये केवल एक संयोग था कि लुटेरों ने उसी दिन उनके घर पर धावा बोला जिस दिन उनकी सारी जमा-पूंजी, सारे जेवर, बैंक के सुरक्षित लाकर में न होकर घर में ही रखे थे? और यदि, यह संयोग नहीं था तो उनके घर में इतना कीमती सामान रखा है, इस बात की भनक उन लुटेरों को मिली कैसे? सवाल इसलिये भी उठता है क्योंकि, उन्होंने अंकिता के पति का नाम लेकर ही बातचीत की शुरूआत की थी। इस रहस्य को तो शायद सिर्फ़ भगवान् ही जानता होगा।

27.
सेन्ट्रोवाली मैडम

ओह! चंचला की वह चमचमाती ब्राइट सिल्वर कलर की सेन्ट्रो कार। अपने दौर की एक पॉपुलर कॉम्पैक्ट हैचबैक। वो कार क्या थी, वो तो चंचला की माँ के समान थी। उसकी रक्षिका, उसकी सबसे प्यारी सहेली। उसी के भरोसे, चंचला ने अपने बच्चों को पाला, नौकरी की और अपनी घरेलू तथा अन्य उत्तरदायित्वों को सफलतापूर्वक निभाया। उसी सेन्ट्रो की वजह से चंचला को, समाज में भी, उन दिनों एक अलग सम्मान प्राप्त हुआ था।

घर की दैनिक आवश्यकताओं का बहुत सा सामान, आलू, प्याज़, दूसरी सब्ज़ियाँ और फल आदि से लेकर यहाँ तक कि झाड़ू भी चंचला उसके बूट स्पेस में लदवाकर ले आती थी। उस समय किसी भी मध्यम दर्ज़े के

शहर में, बहुत कम महिलायें कार चलाती थीं, अत: आस-पास के लोगों ने चंचला का नाम ही सेन्ट्रोवाली मैडम रख दिया था।

शाम को, ऑफिस से लौटते समय चंचला या उसके पति घर के समीप ही स्थित, एक छोटे से बाज़ार में ठेलों पर से फल-सब्ज़ी वगैरह ख़रीद लिया करते थे। एक शाम को उसके पति, ऑफिस से कुछ देर से लौटते समय एक ठेले पर रुके और कुछ फल तुलवाने के बाद, उन्होंने उस फल वाले से ऐसे ही मज़ाक में कह दिया कि

'मैंने ये सब तुलवा तो लिया, भाई! लेकिन कहीं ऐसा न हो कि श्रीमती जी भी ऑफिस से लौटते समय कुछ फल ले गई हों।'

अचानक फलवाले को भी जैसे कुछ याद आ गया हो, वह तपाक़ से बोला,

'अच्छा! वो सेन्ट्रो वाली मैडम। अरे सर! मैडम एक-डेढ़ घंटा पहले रुकी थीं और यही सब तो खरीद कर ले गई हैं। आप आज रहने ही दीजिए।'

उस दिन चंचला के पति, इस प्रसंग के बाद, कुछ लाइट मूड में घर लौटे और आते ही उन्होंने चंचला को घर में पहली बार 'सेन्ट्रो वाली मैडम' कह कर पुकारा था। उस घटना के बाद भी वे कई बार चंचला को 'सेन्ट्रो वाली मैडम' कह कर टीज़ किया करते थे।

****

चंचला की हाइट (शारीरिक ऊँचाई) स्कूटर चलाने के लिहाज़ से थोड़ी कम पड़ती थी। अत: वह स्कूटर पर दोनों बच्चों को बैठाकर चला पाने में थोड़ा असहज रहती थी। लेकिन कार चलाने में, चंचला को कोई प्रॉब्लम नहीं होती थी। वह ड्राइविंग सीट पर दो गद्दी लगाकर बड़ी कुशलता से कार चलाती और कार चंचला के इशारे पर पानी की तरह दौड़ती। उसका पावर स्टीयरिंग जैसे किसी सुरीली सरगम की तरह उसके हाथों के इशारों पर घूमता।

वो चंचला के विवाहित जीवन की, पहली नई कार थी। उसे अब भी भलीभाँति याद है कि बीस-बाईस साल पहले वह नई कार बुक की गई

थी। डिलीवरी कुछ समय बाद मिलनी थी। बुकिंग का अमाउंट तो जमा कर दिया, किंतु सीमित वित्तीय संसाधनों में, यदि किसी कारण से बैंक ने लोन नहीं दिया तो क्या करेंगे? यह सोचते-सोचते उसके पति ने शो रूम में खड़े-खड़े हाथ जोड़कर ईश्वर से प्रार्थना की थी कि "हे ईश्वर यदि मैं ये कार खरीद पाया तो इसी कार से साईं बाबा के दर्शन करने शिर्डी जाऊंगा।"

आज के संदर्भों में यह बात कुछ अजीब सी लग सकती है, किन्तु उन दिनों पौने चार लाख किसी भी वेतन-भोगी मध्यमवर्गीय नौकरीपेशा इंसान के लिये बहुत बड़ी रकम होती थी। आजकल तो कई एजेन्सियाँ कार और हाउसिंग लोन उपलब्ध करा रही हैं और कार डीलर्स के आउट लेट में ही किसी न किसी लोन देने वाली एजेन्सी के नुमाइन्दे मौजूद रहते हैं, लेकिन आज से पच्चीस-तीस साल पहले, बैंकों से लोन ले पाना इतना आसान नहीं था। वे बहुत कड़ी जाँच-पड़ताल के बाद तथा लोन की रकम की वसूली के बारे में पूरी संतुष्टि होने के बाद ही लोन दिया करती थीं।

लोन देने के बैंकों के अपने-अपने नियम होते थे, जिनकी पूर्ति कर पाना सभी मध्यम-वर्गीय वेतन-भोगी लोगों के लिये आसान नहीं था। लेकिन ईश्वर की बहुत कृपा रही और चंचला के पति को सुगमता से कार लोन मिल गया, जिसकी सहायता से उन्होंने नई कार खरीदने का साहस कर लिया था। प्रायः एक माह बाद होने वाली गाड़ी की पहली सर्विसिंग के बाद, अप्रैल 2002 में चंचला और उसका पूरा परिवार निकल पड़ा था अपनी उसी नई कार से तीर्थ-यात्रा पर। चंचला, उसके पति, छोटे-छोटे दोनों बच्चे और उनके दादाजी-दादीजी।

रोड के किनारे ढाबों में खाते-पीते, हाई-वे के आसपास, परिवार सहित रुकने लायक होटलों में विश्राम करते, और नये-नये अनुभवों को इकट्ठा करते हुए, सात-आठ दिनों में उन्होंने लगभग चौबीस सौ किलोमीटर की यात्रा पूरी की थी। इस दौरान वे शिर्डी के अलावा शिंगणापुर, औरंगाबाद, अजंता, एलोरा और आसपास के अन्य अनेक स्थानों के दर्शनीय स्थलों का भ्रमण भी कर आये।

उस अविस्मरणीय यात्रा में, चंचला और उसके पति के अलावा दो छोटे बच्चे और साठ-साल के पार की वय के माता-पिता भी सफ़र कर रहे थे। कोई प्रोफेशनल ड्राइवर साथ में नहीं था और कार वे लोग ख़ुद ही ड्राइव कर रहे थे। सभी की सुविधा और पर्याप्त विश्राम का ध्यान रखते हुए, यह तय कर लिया गया था कि सुबह आठ बजे होटल से नाश्ता करके निकला जाये और दिन भर अलग-अलग स्थानों पर दर्शनीय स्थलों का अवलोकन करते हुए शाम को छः-सात बजे तक अगले पड़ाव पर सुविधाजनक विश्राम की व्यवस्था कर ली जाये।

रात्रिकालीन विश्राम के पश्चात्, वे सब सुबह-सुबह नहा-धोकर तैयार हो जाते। सुबह का नाश्ता करके, होटल से आठ बजे के आसपास निकलते और मार्ग में जब आवश्यकता प्रतीत होती, कहीं ढाबे या किसी रेस्टोरेंट में दोपहर का भोजन और शाम का चाय-नाश्ता कर लेते। कुछ रेडी-टू-सर्व सूखा नाश्ता, बिस्कुट और फल भी कार में साथ लेकर चलते जिससे कि यदि बच्चों को कुछ खाने की इच्छा हो, तो चलती गाड़ी में ही उनकी ज़रूरत पूरी की जा सके।

दोपहर तक चंचला के पति गाड़ी चलाते और दोपहर को खाने के पहले और बाद में दो-चार घंटे की अवधि में जब ट्रैफिक का घनत्व बहुत कम रहता था तब पति का हाथ बँटाती चंचला भी कार चलाती ताकि उसके पति को कुछ देर के लिए आराम मिल सके। हाई-वे की उन चिकनी सपाट सड़कों पर वे तेज़ रफ़्तार से रास्ता तय करते जाते। जब किसी माल से लदे, कुछ धीमी रफ़्तार से चल रहे ट्रक को ओवर टेक करते तो दोनों बच्चे और कभी-कभी बड़े लोग भी रोमांच से भर उठते।

उन दिनों बहुत गर्मी पड़ रही थी। आमतौर पर गरमियों के दिनों में दोपहर बारह बजे के आसपास हाई-वे पर ट्रैफिक बहुत ही कम हो जाता है। एक दिन दोपहर का समय था और उस समय उनके आगे-पीछे कोई अन्य वाहन, कार या ट्रक नज़र नहीं आ रहा था। उनके पास सन-शील्ड नहीं थी, इसलिये सूरज की तेज़ धूप से बचने के लिये कार के पिछले दरवाज़ों के स्लाइडिंग ग्लास शील्ड के बीच छोटे टॉवल कुछ इस तरह से फंसा दिये गये थे कि सीधी धूप अंदर बैठे लोगों पर न पड़े।

नागरिक सुरक्षा की दृष्टि से नेशनल हाई-वे पर सुनसान रास्तों पर जगह-जगह, पुलिस पेट्रोल गाईंस की तैनाती रहती है। विंडोज़ में टॉवलों को टंगा हुआ देखकर, एक जगह उन्हें शायद कुछ शक-शुबहा हो गया होगा। वहाँ से कुछ आगे बढ़ते ही हाई-वे पुलिस की एक गाड़ी ने उनका पीछा करना शुरू कर दिया। कुछ देर बाद ओवरटेक करके पुलिस की गाड़ी उनकी कार के आगे निकली और उन्होंने पेट्रोलिंग कार की पोज़ीशन ऐसी कर ली कि चंचला के पति को कार की रफ़्तार काफ़ी कम करनी पड़ी। उसके पति कार ड्राइव कर रहे थे। उन्होंने चंचला से कहा कि ग्लोव बॉक्स से गाड़ी के कागज़ात निकाल लो, शायद ये लोग हमें चेकिंग के लिये रोकना चाहते हैं।

लेकिन पुलिसवालों की निगाह तो बड़ी तेज़ होती ही है, उन्होंने संभवतः चलती गाड़ी में ही यह परख लिया कि कार में बैठे लोग फैमिली-मेम्बर्स है और कोई संदेहजनक बात नहीं है। पुलिस-पेट्रोल पार्टी कुछ देर स्लो स्पीड में आगे-आगे चलती रही और पूर्ण संतुष्टि होने के बाद, वे लोग तेज़ गति से आगे बढ़कर एक साइड हो गये और उनकी कार को बिना रोके आगे जाने दिया।

लेकिन एक अनुभव इसके ठीक विपरीत भी हुआ। वापसी यात्रा में बच्चों की तबीयत कुछ ठीक न होने से उन्हें बार-बार रास्ते में रुकना पड़ा और नागपुर पहुँचते-पहुँचते रात के ग्यारह बज गये। वे लोग अभी भी अपने आख़िरी गंतव्य से लगभग साढ़े-छः से सात घंटे की दूरी पर थे। दिन भर की ड्राइविंग की थकान और बच्चों का नरम स्वास्थ्य, कुल मिलाकर नागपुर में अन-शेडयूल्ड नाइट-हॉल्ट करना ज़रूरी हो गया। रात गहरा रही थी और एक चौराहे पर सही मार्ग के बारे में पर कुछ भ्रमित होने पर, इस मंशा से कि रास्तों के बारे में सही जानकारी मिल जाए, उसके पति गाड़ी, एक साइड में लगाकर चौराहे पर खड़े, पुलिसवाले से सही रास्ता पूछने के लिए गए।

लेकिन यहाँ का अनुभव बहुत अप्रिय रहा। उसने रास्ता बताने के स्थान पर उनसे सवालों की झड़ी लगा दी। कहाँ से आ रहे हो, कहाँ के रहनेवाले हो, किस काम से गये थे, इतनी रात में क्यों निकले हो, साथ में कौन-कौन है, आदि-आदि।

सारे सवालों का जवाब मिल जाने पर कहने लगा, सब को गाड़ी से उतार कर यहां बुलाओ। बड़ी मुश्किल से उसे संतुष्ट किया कि साथ में सीनियर सिटिज़न माता-पिता हैं, तब वह कार तक आया, सभी को अलग-अलग देखा और फिर गाड़ी के सारे पेपर चेक किए। सब कुछ सही पाकर भी वह न जाने क्यों तंग करने पर ही उतारू था। कहने लगा कि आपकी कार महाराष्ट्र की रजिस्टर्ड नहीं है, मुझको पोल्यूशन सर्टीफिकेट दिखाओ।

उस समय प्रायवेट वाहनों पर इसकी अनिवार्यता सभी राज्यों में एक समान नहीं हुआ करती थी। उसको बहुत समझाने की कोशिश की गई कि कार एकदम नई है और लेटेस्ट स्टैंडर्स की है, अभी इसी महीने सर्विसिंग भी करवाई गई है। लेकिन वह भाई अपनी ज़िद पर अड़ गया कि मुझको पोल्यूशन सर्टीफिकेट चाहिये वरना चलो थाने। लेकिन तभी उनका बेटा बोल उठा कि पापा कार के मैन्यूअल में लिखा है कि सर्विसिंग के बाद कुछ समय तक गाड़ी का पोल्यूशन चेक कराने की ज़रूरत नहीं होती है। तब वहीं खड़े रह कर उस पुलिसवाले को कार के मैन्यूअल में वह बात लिखी हुई दिखाई गई। सौभाग्य से सर्विसिंग के बाद समय इतना कम हुआ था कि हम उसमें निर्दिष्ट समय सीमा में बहुत सेफ़ झोन में थे। आख़िरकार, हारकर बड़े अनमने तरीके से उसने आगे जाने की इजाज़त दे दी। एक तरह से वहाँ बेमतलब ही उन्हें रात साढ़े ग्यारह बजे तक पॉल्यूशन सर्टीफिकेट की माँग की आड़ में परेशान किया गया।

यद्यपि पारिवारिक और नौकरी की व्यस्तताओं के चलते, शिर्डी, शनि शिंगणापुर, औरंगाबाद, अजंता, एलोरा आदि स्थलों की उस एकमात्र लंबी यात्रा के अलावा, चंचला का परिवार, उस कार से अन्य किसी लंबी यात्रा पर कभी नहीं निकल पाया और अधिकांशतः वह कार, केवल लोकल कम्यूट (स्थानीय आवागमन) या छोटी-मोटी कम दूरियों के लिये ही इस्तेमाल होती रही। उस यादगार यात्रा के बाद, उनकी कार दस वर्षों तक तेज गरमी, धुआँधार बारिश, कँपकँपाते जाड़े व अवांछनीय असामाजिक तत्वों से भी बचाव करने में मददगार साबित हुई। टीन एजर (किशोर वय की) बच्ची को पूरी हिफ़ाजत से स्कूल से घर लेकर आना, रात-बे-रात

बाजार या कोचिंग से वापस लाना, गंदे लोगों और अश्लील फब्तियों से बचाते हुए, बच्ची को बड़ा करने में उस कार का बहुत बड़ा हाथ रहा।

लेकिन एक समय वह भी आया जब वह कार दस साल से ऊपर सर्विस दे चुकी थी और बाज़ार में अलग-अलग कंपनियों के तरह-तरह के उन्नत मॉडल्स आ चुके थे। चंचला के सहकर्मियों, मित्रों और संबंधियों में से अधिकांश ने अपनी-अपनी कारें बदल डाली थी, इसलिये उन्होंने भी अपनी कार बदलने का फ़ैसला किया।

घर में पार्किंग की सीमित जगह होने के कारण, नई कार ख़रीद लेने पर, इस पुरानी काम्पैक्ट कार को सेल करना उनकी मजबूरी थी। लेकिन, जब वह घर से गयी तो उन सबका मन ज़ार-ज़ार रो रहा था। मीठी-मीठी यादों से भरी भावनाएँ, कुछ वैसे ही उमड़ रही थीं, जैसे कि बेटी की विदाई के समय दिल तड़प उठता हैं।

चंचला ने उसको बहुत अच्छी तरह साफ़ करवा कर, उसे एक तरह से पैर छूकर फूलों की मालाओं से सजाकर, आदर सहित विदा किया था, जैसे घर का कोई प्रिय सदस्य, सदा के लिए बिछड़कर चला जा रहा हो।

उन गत दस सालों में उस प्यारी सी कार ने, चंचला के परिवार के सभी सदस्यों को माँ के आँचल की सी सुरक्षा दी थी और अपनी ममतामय गोद में बैठाकर उन्हें हज़ारों किलोमीटर घुमाया था। उस कार के द्वारा निभाया गया साथ, चंचला कभी नहीं भूल पाएगी। दस-ग्यारह साल से ऊपर समय बीत जाने के बावजूद, आज भी उसकी स्मृतियाँ चंचला के दिल में वैसी ही ताज़ा हैं। आज से बीस-इक्कीस साल पहले शो रूम से डिलीवरी लेते समय की उस पहली नई कार की छवि, चंचला की आँखों के सामने सदा घूमती रहती है। उसे सदा ही उस प्यारी सी कार से, बहुत लगाव बना रहेगा, जबकि अब वह कार उसके पास, उसके साथ नहीं है।

28.
ईश्वरीय शक्ति

ट्रेन सुबह-सुबह मुंह अंधेरे ही निज़ामुद्दीन स्टेशन पहुँच गयी थी। भीड़ का पूरा एक रेला ही जैसे एस्केलेटर्स (स्वचालित सीढ़ियों) पर चला जा रहा था। बाबा रे! इतनी भीड़। ऐसा लगा कि जैसे साँस ही रुक गयी हो और दो मिनट ठहर कर ही प्लेटफॉर्म से बाहर निकलना चाहिये।

ट्रेन से उतरे सैकड़ों आदमी उन स्वचालित सीढ़ियों पर आ-जा रहे थे। पुष्पा का कुली भी सामान लादे-लादे उन्हीं स्वचालित सीढ़ियों पर था और उससे पाँच-छः सीढ़ियाँ ऊपर की ओर था। कुली के पीछे वह और उसके पीछे उसके पति थे।

पुष्पा के बाँये हाथ में स्प्रेन होने के कारण उसने अपना छोटा सा पर्स दायें कँधे पर टाँग रखा था और उसी हाथ से एस्केलेटर्स की रेलिंग पकड़

रखी थी। पर्स कहीं भीड़ में फँस कर गिर न जाये, अत: पुष्पा ने उसे अपनी बायीँ काँख में दबा लिया।

तभी शोर सा हुआ।

"बचाओ-बचाओ।"

पुष्पा ने देखा, कि उसके ठीक सामने लगभग तीन-चार सीढ़ी ऊपर से एक महिला का संतुलन बिगड़ने के कारण उल्टी गिरती चली आ रही है। उनके सर पर नीले रँग का गर्म स्कॉर्फ बँधा था और उनके बुज़ुर्ग पति, उनसे दो तीन सीढ़ी ऊपर थे। पुष्पा हतप्रभ। उसके पीछे भीड़ का पूरा एक रेला था। अगर वो महिला गिर जाती तो शायद भगदड़ सी मच जाती और वह महिला कई पैरों तले कुचली जाती। पुष्पा अपनी बारीक आवाज में चिल्लायी,

"कोई पकड़ो। स्टैम्पीड हो जायेगा (भगदड़ मच जाएगी) ।"

लेकिन असंतुलित सी अवस्था में गिर रही उस महिला के ठीक पीछे तो पुष्पा ही आ गई थी। पता नहीं ईश्वर ने पुष्पा को कहाँ से इतनी शक्ति दे दी कि उसने अपने दाहिने हाथ पर गिरती हुई उस महिला का पूरा भार ले लिया। पुष्पा, ख़ुद जो सीढ़ियाँ चढ़ने के लिये पति और कभी बच्चों की उँगली थामती थी, कैसे उनके पूरे शरीर के भार को लिये स्थिर खड़ी रही ईश्वर ही जाने? बस पुष्पा में इतनी ताकत नहीं थी कि वह, उस महिला को धक्का देकर सीधा खड़ा कर दे। लेकिन उसका थोड़ा सा सहारा पाकर वह महिला सँभलने में सफल रही और फिर, शीघ्रता से वह खुद ही सीधी खड़ी हो गयी। सांत्वना देने के लिये पुष्पा, पीछे से उनकी पीठ, हाथ से सहलाती रही। ऊपर पहुँचकर वह एक कोने में घबरायी सी चुपचाप खड़ी हो गयी। पुष्पा उनकी शक्ल ठीक से नहीं देख पायी और न उनसे बात कर पायी क्योंकि उसे भी अपने कुली के पीछे-पीछे दौड़ लगानी थी।

लेकिन उसके दोनों हाथ अद्भुत गरमी से भर गये थे और हृदय असीम आनंद से। आह! आज मेरे कमज़ोर हाथ किसी की जान बचाने के काम आये। उसने दोनों हाथों को लहराते हुए सोचा कि ईश्वर ने हमें ये दो हाथ इसलिये ही तो दिये है जिससे कि हम लोगों की मदद कर सकें। ये छोटा मोटा दर्द क्या चीज है?

29.
टॉमी

अकसर ही दो ऊँचे-ऊँचे कुत्तों को लेकर, लम्बी-लम्बी काली डामर की सड़कों पर, वह सुबह शाम दिखता है। उसका कद दोनों कुत्तों से थोड़ा ही ऊँचा था। जब कुत्ते पीछे मुड़-मुड़कर भागते, तब उसे उन्हें पूरी ताक़त से चेन पकड़कर खींचना पड़ता था। कई बार कुत्तों के साथ घूमते-घूमते उसे लगता कि वह भी एक कुत्ता ही बन गया है। एक पतला-दुबला मरियल कुत्ता, जिसकी आँखों के नीचे काले गड्ढे है और जो अपनी ललचाई आँखों से ऊँचे घरों और उसमें रहने वाले लोगों को देखता रहता है।

गाँव की गरीबी और सूखे की मार ने उसे शहर आने पर मजबूर कर दिया था। क्या-क्या सपने लेकर वह गाँव से शहर आया था? कोई बढ़िया सी नौकरी करेगा और ढेर सारा पैसा बचाकर माँ-बाबूजी को भेजेगा।

शुरू में बहुत मारा-मारा फिरा इधर-उधर, पर कोई नौकरी नहीं मिली। फुटपाथ पर सोता और टॉदिन में एक छोटे होटल में चाय के बरतन धोता। मालिक की चुभने वाली गालियाँ ही उसका भोजन थी।

उस होटल में काम करने वाला मँगलू, संयोग से उसका दोस्त बन गया था और उसी ने उसे इस काम के बारे में बताया था।

बड़ा सा बँगला और खुला-खुला वातावरण देखकर वह खुश हो गया था। लेकिन, जब गार्डन में दौड़ते, बड़े-बड़े दो कुत्ते दिखे, तो उसका दिल उछलकर हलक में अटक गया था। जब नौकरी के बारे में बात चली तो कुछ देर में ही उसको समझ आ गया था कि उसे उन ऊँचे पूरे भयानक कुत्तों को ही सँभालने का ही काम करना होगा।

शुरू-शुरू में वे कुत्ते उसे देखकर गुर्राते थे। बाद में धीरे-धीरे उन्हें समझ में आ गया कि यही वह शख़्स है, जो उनका ध्यान रखता है। हर दो तीन दिन छोड़कर उन्हें नहलाना, सुबह शाम एल्युमिनियम का बड़ा भगौना भरकर दूध-दलिया देना और दिन में एक बार बोटी। उनका दोनों समय का दूध-दलिया और मीट देखकर उसे अपनी हाथ की बनायी सूखी रोटी और प्याज़ की याद आ जाती। उनके दूध-दलिये में से, कभी-कभी एक कटोरी दलिया खाकर, उसका मन भी तृप्त हो जाता।

धीरे-धीरे उन मूक पशुओं (कुत्तों) ने उसे स्वीकार कर लिया था और अब वह उसको देखकर गुर्राते नहीं बल्कि दुम हिलाते और उसके साथ गार्डन में खेलते भी। अब वही उसके सुख-दुख के साथी हो गये थे। कभी माई-बाबू की याद आती, तो वह उन्हीं मूक पशुओं से बोल बतिया लेता और वे भी, चाहे कुछ समझ पाते हों या नहीं लेकिन कुछ इस तरह सिर हिलाते या कान खड़े कर लेते कि जैसे उसकी सभी बातों को बड़े ध्यान से सुन रहे हों।

जाड़े की रात में, जब कुत्ते अपने भड़कीले स्वेटर पहनकर नरम-गरम बिस्तर में सोते, वह बरामदे में बैठकर ठण्ड में सिकुड़ता रहता। तेज़ जाड़ों में वह कभी-कभी दिन में उन्हीं के नरम बिस्तरों में सो जाता। रेशम से लाल, काले कंबल उसे गुदगुदा देते।

बहुत दूर से कभी-कभी उसने उस घर की सुंदरी 'बेबी' को देखा था और कभी-कभी लम्बी कारों में पार्टी में जाते साहब-मेम साहब को देखा था। लेकिन, उनकी गतिविधियों से उसे क्या लेना देना, वह खुश है, अपने बड़े-बड़े दो साथियों के साथ। उसने तो मन ही मन अपना नाम भी 'टॉमी' रख लिया था।

उसने गाँव के बड़े-बूढ़ों से सुन रखा था कि

'ईश्वर की कृपा हो जाए तो भाग्य बदलते देर नहीं लगती। अरे! बारह साल में तो घूरे के दिन भी फिर जाते हैं।'.....

और इसलिये उसके अंतर्मन में कहीं यह आशा और विश्वास हमेशा जाग्रत रहता था कि कभी तो उसके दिन भी बदलेंगे, हमेशा वह सड़कों पर घूमते मरियल आवारा कुत्तों जैसा थोड़े ही बना रहेगा।

30.
वह पहाड़ी युवक

उस दिन कंगना का एकादशी का व्रत था। सुबह-सुबह उठकर ही वह हल्के गरम पानी से सिर धोकर नहायी और ज्योत जलाकर ईश्वर की आरती करने कि तैयारी में थी, कि घंटी बजी। कंगना को बड़ी खीझ और चिढ़ सी आई। पूजा के वक़्त का डिस्टर्बेन्स उसे बिलकुल पसंद नहीं था, लेकिन उसके पति किसी काम से घर से बाहर गये हुए थे, इसलिये मजबूरी थी, दरवाज़ा उसे ही खोलना पड़ा।

सामने वह **पहाड़ी** युवक खड़ा था। रंग गोरा, गुलाबी गाल और बेहद हैंडसम। किसी फिल्मी हीरो की तरह। सब उसे बंटी के नाम से पुकारते थे। यदि अच्छा शिक्षित होता और उसका कद कम नहीं होता तो बंटी शायद बॉम्बे ही भाग गया होता हीरो बनने। माथे पर काले घने बाल झूल रहे थे। नीली जींस और तरबूजी रँग की शर्ट पहने वह मुस्कुरा कर बोला,

"मैडम! आपने दवा मंगवाने के लिये बुलाया था।"

बंटी का मुस्कुराता चेहरा देखकर कंगना का गुस्सा काफ़ूर हो गया। उसने डॉक्टर का प्रिस्क्रिप्शन और 500 रुपये का नोट उस युवक को लाकर दिया। वह "सलाम मैडम" बोलकर चला गया।

उसके जाने के बाद कंगना ने गेट का जाली का दरवाज़ा बंद किया और भगवान की पूजा और आरती को पूरा किया। पति के घर लौटने में कुछ देर हो रही थी और सुबह के सब रूटीन काम लगभग निबट ही चुके थे, इसलिये कुछ पल फ़ुरसत के मिल रहे थे। कंगना ने सोफ़े पर बैठकर आराम से पीठ टिका ली।

यद्यपि वह युवक एक बाहरी सहायक मात्र ही था, लेकिन अनजाने ही उस युवक के संघर्ष-पूर्ण अतीत की सुनी-सुनाई स्मृतियाँ, कंगना के मस्तिष्क-पटल पर जीवंत हो उठीं।

****

वह आठ-दस साल का बच्चा था, जब गाँव की ग़रीबी और विमाता के अत्याचार से घबराकर गाँव से शहर भाग आया था। जगह-जगह भटका, जूते पॉलिश किये, कार साफ की, कपड़े प्रेस किये, होटलों में बरतन माँजे तब जाकर किसी तरह रह पाया। लेकिन एक ख़ूबी थी उसमें, उससे कितना भी काम करा लो, मुस्कुराहट उसके चेहरे पर खेलती रहती। चुपचाप काम करता जाता और मालिक की डाँट और गालियों को भी प्रसाद समझ कर ग्रहण कर लेता। फिर धीरे-धीरे कार सफाई का काम करते-करते उसने कार ड्राइव करने का काम भी सीख लिया। उन्नीस-बीस साल की उमर में वह पहाड़ों की दुर्गम चढ़ाईयों पर सफेद ऐम्बेसेडर कार को ऐसे दौड़ाकर ले जाता जैसे गंगा किनारे का मैदान हो। दिल्ली से हरिद्वार, फिर वहाँ से बद्रीनाथ, केदारनाथ, ऋषिकेश, देहरादून, मसूरी। पहाड़ी इलाके की पैदाइश होने के कारण पहाड़ उसे वैसे भी बहुत पसंद थे।

ड्राइवर का पेशा सीख लेने के बाद लंबी-लंबी दूरियों के लिये कार चलाने का काम मिलने पर बंटी को अच्छी कमाई हो जाती थी। अकेला रहने के कारण, ख़र्च बहुत ज़्यादा तो था नहीं, इसलिये उसे थोड़ी-बहुत

बचत करने का भी मौका मिल जाता था। लेकिन कहते हैं ना कि आप परदेश में जाकर कहीं भी रह लें, कितना भी धनार्जन कर लें, सुख-सुविधा के साधन जुटा लें, किन्तु जीवन में अपनी जन्मभूमि, अपना घर या उन गली-मोहल्लों को, भुला पाना नामुमकिन होता है, जहाँ खेलते-कूदते आपका बचपन गुज़रा हो। यही हालत बंटी की भी थी। हालांकि वह अपनी मरज़ी से घर छोड़ कर आया था, फिर भी भूले-बिसरे घर और गाँव की याद, रह-रह कर दिल में एक टीस सी उठा देती। जब घर की याद बहुत सताने लगी तो, पिछले कुछ सालों की बचत के उन्हीं पैसों के बल पर, एक बार मार्च महीना ख़त्म होते-होते, छुट्टियाँ मनाने के लिये वह, अपने पैदाइशी गाँव में जा पहुँचा।

वहाँ बूढ़ी विमाता को ढूँढने में उसे कोई दिक्कत नहीं हुई थी। जिस विमाता के सताने से वह घर छोड़कर भागा था, उसी विमाता ने उसे बड़े प्यार से गले से लगा लिया था। अपने इस सौतेले पुत्र के भाग जाने के बाद, अपने कोख जाये बच्चों ने तो, उसका साथ दिया नहीं। तब उसे बंटी की याद हो आई थी। दिल में कहीं न कहीं उसे इस बात का अहसास हुआ था कि शायद उसके रूखे व्यवहार के कारण ही बंटी घर छोड़कर भागा था। इस अहसास से उसे बहुत ग्लानि और पश्चाताप हुआ था। सौतेला ही सही, कौन जाने, अगर वह होता तो शायद उसका ध्यान रख लेता। आज एक अरसे बाद, अपने इस बेटे को देख कर जैसे उसमें जीवन की ऊष्मा का संचार हो गया। उसकी आँखें बंटी को देखकर निहाल हो गई थीं। बंटी कितना ख़ूबसूरत हो गया है, और शायद कमाता भी अच्छा होगा। सोचने लगी कि कोई अच्छी सी लड़की ढूँढकर जल्दी ही इसकी शादी करा दूँ तो शायद यह फिर परदेश भी न जाये।

लेकिन विमाता इस मामले में कुछ कर पाती उससे पहले ही, एक दिन यूँ ही निरुद्देश्य सा घूमता-घामता बंटी, गाँव के झरने में नहाती किसी मृग-नयनी के बालों के जाल में उलझ गया। रंग तो उस पहाड़ी लड़की का भी साफ़ ही था लेकिन बंटी की तुलना में थोड़ा दबता हुआ। दुबली-पतली और तीखे नैन-नक्श वाली राधा। अल्हड़ युवा उम्र का नैन-मटक्का। दोनों समझ ही नहीं पाये कि इतनी जल्दी, इतने कम समय में कब, कैसे मिले और कब एक दूसरे के प्रेम में खो गये।

छोटी जगहों पर ऐसी बातें आखिर कितने दिनों तक छिपती हैं। पता लगने पर विमाता ने उसी कन्या से बंटी का जल्दी से ब्याह कराने में कोई कसर नहीं छोड़ी। बड़ी मुश्किल से दस हजार रुपये देने पर राधा का बाबा शादी के लिये तैयार हुआ था। दोनों पक्षों की सहमति से, एक मदभरी रात में दोनों का विवाह हो गया।

बंटी जैसे सपनों में झूलने लगा था। ऐसी सुंदर-सजीली प्रिया, अपना गाँव और अब सगी माँ जैसी बन गयी विमाता का लाड़-प्यार। वह भूल गया शहर की आपाधापी, उठा पटक और भागदौड़। महीने-दो-महीने, पहाड़ों की उन ख़ूबसूरत वादियों में ही बीत गये। वह चंचल, अल्हड़ सा भोला-भाला प्यार।

जून की उतरती दोपहर में, एक दिन जब उसने साथ लाया हुआ बैग टटोला तो हाथ में केवल हजार रुपये आये। साथ लाये पैसे ख़त्म हो चले थे। अब क्या? पहाड़ी इलाके के उस छोटे गाँव में तो कमाई का जरिया मिल पाना मुश्किल ही होता है। इसी कारण पहाड़ी इलाकों के बहुत से बच्चे छोटी-मोटी नौकरी की तलाश में मैदानी इलाकों में उतर आते है।

बंटी की शादीशुदा ज़िंदगी की तो अभी शुरुआत ही थी। माँ भी परेशान थी कि परिवार बढ़ेगा तो खर्चे बढ़ेंगे ही और बिना पैसों के जीवनयापन कैसे हो सकेगा? यह सब सोच-विचार करने के बाद सबको यही ठीक लगा कि बंटी को वापस मैदानों की ओर लौटकर, वहीं कोई कामकाज खोजना होगा। उसने माँ का आशीर्वाद लेकर, अपना बैग और नवविवाहिता पत्नी को साथ में लिया और नौकरी की खोज में एक बार फिर मैदानों की ओर उतरकर आ गया। परिवार के लिये, दिल्ली की एक बस्ती में, जहाँ उसी के जैसे और लोग भी रहते थे, उसने एक कमरा किराये पर ले लिया था।

उसके बाद कितने ही साल बीत गये। ड्रायवर का काम करते हुए एक शहर से दूसरे शहर जाना यही उसका जीवनचर्या बन गई थी। वह गाड़ी लेकर लम्बे-लम्बे टूर पर जाता और राधा घर और बच्चों को सँभालती। दस साल के वैवाहिक जीवन में उसके तीन बच्चे हो गये थे। एक बिटिया और दो बेटे। एक से एक खूबसूरत। गोल-मटोल, प्यारे-प्यारे। लेकिन अब वह भी ड्राइवर की तरह एक शहर से दूसरे शहर की भागदौड़ करते-करते

थक गया था। उसकी इच्छा भी अपने बच्चों और पत्नी के साथ शांति से रहने की हो चली थी।

जब उसे नोएडा की एक सोसायटी में सिक्योरटी गार्ड का काम मिला तो वह झट से तैयार हो गया। सौभाग्य से वहीं कैंपस के पास बसी हुई बस्ती में घर भी मिल गया और ड्यूटी कभी दिन की तो कभी रात की। उस सोसायटी के रहवासी उसे बहुत पसंद करते। जब उसकी नाइट शिफ़्ट रहती तब दिन में समय मिलने पर सब के छोटे-मोटे काम वह कर देता। चाहे दवा लाने का हो, चाहे बाज़ार से सब्ज़ी या फल। कभी-कभी लोगों को कार चलाकर शॉपिंग भी करा लाता। राधा भी उसी सोसायटी के घरों में झाड़ू, पोंछा बरतन का काम करती। चार पैसे वह भी कमा ही लेती। पति-पत्नी दोनों ही बड़े सुशील व मेहनती थे।

उनके तीनों बच्चे स्कूल भी जाते और सोसायटी के गार्डन में खेलते रहते। पहली नज़र में उन सुंदर बच्चों को देखकर, कोई उन्हें सोसायटी का ही रहवासी समझता, क्योंकि ख़ूबसूरती, परमेश्वर ने उन्हें दिल खोलकर दी थी। पिता जैसा गोरा गुलाबी रंग और माँ जैसे तीखे फीचर्स।

वक़्त गुज़रता रहा और बड़ा बेटा दसवीं पास करके किसी कार-गैरेज में काम करने लगा था। खूबसूरत बेटी आठवीं में थी और छोटा बेटा पाँचवीं में था। अब उनके जीवन में भी स्थायित्व आ गया था और कुल मिलाकर उनकी ज़िंदगी सुकून से ही कट रही थी।

पता ही नहीं कब तक कंगना इन विचारों में खोई रहती, लेकिन अचानक कॉल बेल की ध्वनि ने उसका ध्यान खींचा। देखा तो उसके पति, दरवाज़ा खोले जाने के इंतज़ार में बाहर खड़े हुए थे। उनके आने के थोड़ी देर बाद ही, मुस्कुराता हुआ बंटी भी, एक हाथ में दवाएँ और दूसरे हाथ में बाकी बचे हुए पैसे वापिस लौटाने के लिये गेट पर खड़ा था।

31.
सफ़र, जो सिहरा गये

दो प्रसंग हैं, जिन पर सहज ही विश्वास करना कठिन लग सकता है लेकिन ये वास्तविक दुर्घटनाओं से ही प्रेरित हैं, जिनमें "जाको राखे साँईयाँ, मार सके ना कोय" कहावत को प्रत्यक्षतः चरितार्थ करते हुए, ईश्वर ने यात्रियों की चमत्कारिक रूप से जीवन रक्षा की थी।

प्रसंग-एक

बात लगभग पच्चीस वर्ष पुरानी है। तब संध्या की ननद पूनम की बिटिया 7-8 महीने की थी। पूनम और उसकी छोटी सी बिटिया, वे दोनों संध्या के पास जबलपुर आई हुई थीं। एक दिन सुबह-सुबह संध्या के नन्दोई, पूनम को लिवाने के लिये अचानक आ गये। आते ही उन्होंने कहा कि हमारी मम्मी की तबियत ठीक नहीं रहती है, इसलिये हमें आज रात को ही पूनम को लेकर वापस निकलना होगा।

वह जुलाई का महीना था, जब रास्ते बहुत फिसलन भरे हो जाते हैं। जबलपुर से छतरपुर के रास्ते में काफ़ी हिस्सा पहाड़ी था। संध्या की सासू माँ ने बहुत समझाया कि बारिश के मौसम में वे लोग रात का बस का सफ़र न करें, लेकिन वे नहीं माने और उसी रात को दस बजे की बस से रवाना हो गये।

रात के दो-ढाई बजे, जब सब यात्री बैठे-बैठे सो रहे थे, उस घुमावदार पहाड़ी रास्ते पर उनकी बस के ड्रायवर ने दूसरी बस को ओवर-टेक करने की कोशिश की। लेकिन वह अपनी बस का संतुलन खो बैठा और वह बस हवा में कई पलटियाँ खाती हुई, गहरी खाई में जा गिरी और पहाड़ियों पर उगे घने वृक्षों में उलटी होकर फँस गयी। पहाड़ी रास्ता, घना जंगल और रात का गहरा अँधेरा। गहरी खाई में जा गिरी उस बस में हाथ को हाथ सुझाई नहीं दे रहा था। बस के मुसाफिरों में भी अधिकांश ग्रामीण परिवेश के थे, जिनकी चीख-चिल्लाहटों के साथ

पूरी बस में अफ़रा-तफ़री मची हुई थी। लोग किसी तरह एक दूसरे पर गिरते-पड़ते बाहर निकलने की कोशिश कर रहे थे।

आधी रात की उस अर्ध-निंद्रित अवस्था में, अचानक घटी इस अप्रत्याशित दुर्घटना में वह छोटी बच्ची, माँ की गोद से उछल कर कहीं गुम हो गई। पूनम को उस छोटी सी गुड़िया की कुशलता चिंता हुई। ऐसी हालत में वह कहाँ और कैसे मिलेगी? गहन अंधेरे में कुछ भी साफ़ दिखायी देने का सवाल ही नहीं था। लेकिन बिटिया के रोने की क्षीण सी आवाज़ सुनकर, हाथ से टटोलते हुए वे दोनों किसी तरह से वहाँ तक पहुँचने में सफल हो गये, जिधर से उसके रोने-सिसकने की हलकी आवाज़ आ रही थी।

भगवान् की असीम कृपा कहें या चमत्कार, वह अबोध बालिका माँ की गोदी से उछलकर छत के सहारे लगे, सामने वाले सामान के स्टेण्ड में फँसी हुई थी और ईश्वर की मेहरबानी से वह पूरी तरह सुरक्षित थी, उसे किसी तरह की चोट नहीं लगी थी। पूनम ने बच्ची को गोदी में लिया

और अपने हाथ में पकड़ा हुआ रूमाल, जिसमें उसकी सोने की चेन और झुमकी थी, पति को दे दिया। फिर उलटी पड़ी हुई बस के दरवाजे से एक-एक कर बाहर निकल रहे अन्य सभी यात्रियों के साथ, वे बड़ी सावधानी से और घुटनों के बल चढ़ते-चढ़ते पहाड़ी के ऊपर सड़क तक पहुँचे।

पेड़ों में फँसी बस ऐसे डोल रही थी, जैसे घड़ी का पैण्डुलम। सब के हाथ-पैर और घुटने बुरी तरह छिल गये थे। पीछे से आती एक बस को रोककर पहले सभी महिलाओं और बच्चों को छतरपुर भेजने की व्यवस्था की गई और उसके पीछे आ रही एक दूसरी बस में सवार होकर सभी पुरुष यात्री छतरपुर पहुँचे।

उस भयानक दुर्घटना में उस नन्ही सी जान को, एक खरोंच तक नहीं आयी, यह एक अत्यंत सुखद आश्चर्य ही था। आज भी उस घटना को याद करके सभी परिवार जन रोमांचित हो उठते है और ईश्वर को उसकी असीम अनुकंपा के लिये कोटि-कोटि धन्यवाद देते हैं।

पूनम की सासू माँ, उस घटना के बाद, हमेशा यही मानती रही थीं कि पेड़ों की बदौलत ही उनके बच्चों की प्राण-रक्षा हुई थी। इसीलिए, आजीवन वे सभी से यही कहती रही थीं कि यथासंभव हमेशा वृक्षों की देखभाल, उनकी सेवा करने का मौका कभी गँवाना नहीं चाहिये।

प्रसंग-दो

कौशल साहब का परिवार घूमने-घामने का बड़ा शौकीन था। जैसे ही मौका मिलता, वे लोग अपनी गाड़ी उठाते और घूमने चल देते। एक बार अक्टूबर के सुहाने मौसम में उन्होंने जबलपुर से अमरकंटक जाने का प्रोग्राम बनाया। अमरकंटक का रास्ता बड़ा घुमावदार घाटी वाला है और उस मार्ग पर बड़ी सावधानीपूर्वक गाड़ी ड्राइव करना पड़ती है। अमरकंटक से लगभग 30 कि.मी. दूर उनके उन्नीस वर्षीय बेटे ने कहा,

"लाइये पापा कार हम ड्राइव करते हैं।"

उनका बेटा कार अच्छी ड्राइव कर लेता था, अत: उन्होंने उसको गाड़ी चलाने के लिये दे दी, तभी बेटे का मोबाइल बजा।

"पापा देखो, मोबाइल।"

कहते हुए उसने जेब से मोबाइल निकाल कर पापा को दिया, लेकिन इस क्रिया में स्टीयरिंग पर उसका कंट्रोल नहीं रहा। पीछे बैठी मिसेज़ अग्रवाल उसे सावधान करती हुई चिल्लाई,

"बेटा!..... तुम्हारी गाड़ी बहक रही है।"

माँ की घबराहट भरी तेज़ आवाज़ से बेटा एकदम घबरा गया और न केवल गाड़ी रोड से उतर गयी बल्कि घबराहट में उसका पैर, ब्रेक की जगह एक्सिलरेटर पर जा पड़ा। गाड़ी रुकने के स्थान पर, तेज़ी से बढ़कर अनियंत्रित हो गई और सड़क से नीचे की फिसलकर, गुलाटियाँ खाते हुए आठ-दस फुट गहरे गड्ढे में जा फँसी।

मम्मी-पापा और बेटा, तीनों ईश्वर की कृपा से किसी गंभीर चोट का शिकार नहीं हुए और सुरक्षित बच गये। लेकिन, गाड़ी के परखचे उड़ गये। पूरी डिक्की टूट गयी थी और सामान इधर-उधर बिखर गया। ज़ोर की भड़भड़ाती आवाज़ ने आसपास रहनेवाले ग्रामीणों का ध्यान दुर्घटना स्थल की ओर खींचा। कुछ सहृदय ग्रामीण युवक तुरंत ही सहायता को दौड़ पड़े। पहले तो उन्होंने यात्रियों को सुरक्षित निकाल कर खाई से ऊपर पहुँचाया और फिर और एक ट्रैक्टर की मदद से गाड़ी को भी खींचकर खाई से ऊपर निकाले जाने की व्यवस्था की।

अचानक घटी इस दुर्घटना से वे तीनों कुछ अचंभित, कुछ संज्ञा-शून्य से मूक बैठे रहे और उन ग्रामीण युवकों की चपलता और सधी हुई त्वरित कार्यवाही को चमत्कृत होकर देखते रहे। एक-एक, छोटा-छोटा, सामान समेटकर, उन गाँव वालों ने उनकी अटैची और बैग में रखा और जब तक उनके रिश्तेदार शहर से उनकी सहायता के लिये नहीं आ गये, तब तक हर प्रकार से उनका पूरा ध्यान रखा।

होने को तो इस प्रकार की दुर्घटना में क्या हो जाए, कुछ कहा नहीं जा सकता, लेकिन यह एक चमत्कार ही कहा जाएगा कि उस परिवार के सदस्यों को कोई गंभीर शारीरिक क्षति नहीं पहुँची, केवल हल्की-फुल्की चोटें ही आयीं। आज भी वह घटना याद करके, वे सब सिहर उठते हैं और उन सहृदय गाँव वालों को धन्यवाद देते हैं, जो उस समय देवदूत के रूप में मददगार बने थे।

32.

फ़ौजी बेटा

बात उस दिन की है, जब संजना अपनी बिटिया को दिल्ली छोड़कर आ रही थी। संजना को स्टेशन तक छोड़कर बिटिया लौट गयी। बहुत देर तक बिटिया का उतरा चेहरा संजना की आँखों के सामने घूमता रहा। मन उदास और परेशान सा था। गोरी-गोरी प्यारी सी बिटिया का साँवला पड़ता जा रहा चेहरा और आँखों के नीचे के उभरते काले साये, संजना के मन को व्यथित कर रहे थे। बेटी की कुशलता को लेकर चिंतित संजना को नींद भी नहीं आ रही थी और मन भारी-भारी लग रहा था। इस बीच में उसके फोन के नेटवर्क में भी कुछ प्रॉब्लम हो गयी। वह समझ नहीं पा रही थी कि बिटिया ठीक से घर पहुँची कि नहीं, इस बात को कैसे कंफर्म करे।

संजना के सामने एक डॉक्टर कपल बैठा था। दोनों की शादी को एक साल हुआ था। लड़की लम्बी-पतली सी और ब्राउन कलर के चूड़ीदार सूट में थी। आँखों पर चश्मा और माथे पर छोटी सी बिंदी। वह गेहुँए रँग की सोबर सी विवाहिता लगती थी। उसके पति को आइ फ्लू हो गया था। हर थोड़ी देर में वह आँखों में ड्रॉप डालता और रुमाल से अपनी दुखती आँखें पोंछता। वह दिल्ली में पोस्टेड था और उसकी वाइफ़ किसी दूसरे स्थान से पोस्ट ग्रेजुएशन कर रही थी। उसका पोस्ट ग्रेजुएशन पूरा हो जाने तक, दो-तीन साल, उन्हें ऐसे ही अलग-थलग रहकर गुजारने थे। थोड़ी देर में ही उसकी पत्नी, चादर ओढ़कर ऊपर की बर्थ पर सो गयी और वह निचली बर्थ पर खिड़की से सटा बैठा आँखें पोंछता रहा।

रात को नौ बजे, जब ग्वालियर में ट्रेन रुकी, हड़बड़ाते हुए एक युवक चढ़ा और आकर उस डॉक्टर लड़की से बोला,

"मुझे चार नम्बर बर्थ अलॉट हुई है। आपकी बर्थ कौन सी है।"

डॉक्टर दंपति बोले, नहीं..... ये तो हमारी है। उन्होंने बाहर जाकर टी.सी. से बात की तो उस लड़के की दो नम्बर की बर्थ थी, संजना की बर्थ के ठीक ऊपर वाली बर्थ। वह युवक लम्बा, छरहरा सा था। रँग साँवला ही कहा जाएगा और चेहरा भी एकदम आम सा ही था। लेकिन उसकी नुकीली नाक और चाल-ढाल की स्फूर्ति उसे दूसरों से अलग करती थी। स्लीपर से अपग्रेड होकर वह ए.सी. में आ गया था।

दिल्ली से ग्वालियर तक लगभग पाँच घंटे बीत गये थे। अब तक संजना को थकान लगने लगी थी। वह युवक बैठा मोबाइल पर कुछ मैसेजिंग कर रह था। संजना ने उससे कहा,

"बेटा, तुम जागोगे क्या अभी? मुझे तो अब नींद आ रही है।"

"आप लेट जाइये।"

यह कहते हुए उसने मिडिल बर्थ खोलने का संकेत किया। संजना ने उसकी भलमनसाहत देखकर उससे कहा कि,

"अगर, भोजन करना हो, तो पहले खा पी लो, वरना मिडिल बर्थ पर खाना खाने में परेशानी होगी।"

"अरे, आंटी! हमारी तो जिंदगी ऐसी ही गुज़र जाती है। आप आराम करिये, मैं बर्थ खोले देता हूँ।"

उसके बाद संजना सो गयी। पता नहीं क्या अजीबोगरीब सपने उसे दिखते रहे। रात को लगभग ग्यारह बजे, उसका मोबाइल बजा। उसकी बिटिया का कॉल आ रहा था। जब उसकी बिटिया से बात हो गई, तब जाकर संजना को चैन पड़ा। इसी बीच में संजना ने देखा कि उस लड़के ने जीन्स बदलकर लोअर पहन लिया था और एक बड़े ग्रे रँग के बैग में उसको रख रहा था।

सुबह जब पौने सात बजे जब संजना की नींद खुली, तो वह युवक उसकी सीट पर सकुचा सा बैठा वापस अपना लोअर पैक कर रहा था। संजना वैसी ही सूजी आँखों और बिखरे बालों में बैठ गयी थी।

"बेटा, चाहो तो सीट गिरा लो।"

सारे बिस्तर अपर बर्थ पर डालकर बर्थ खोल दी गई। आदतन संजना उठते से ही ब्रश आदि करके तैयार हो जाती थी, लेकिन उसे पता चला कि बाथरूम में पानी ही नहीं है, इसलिये वह वैसी ही बैठी रही। उस

युवक का बैग देखने में संजना को बहुत अच्छा लगा। बड़ा सा ग्रे कलर का। उसमें ढेर सारी पाकेट दिखाई दे रही थीं। संजना बोली,

"बेटा! तुम्हारा बैग बहुत बढ़िया है।"

"जी, हमें कैंटीन से इशू होता है।"

"अरे, तो तुम क्या आर्मी में हो? "

"हाँ, आर्मी में।"

"क्या जबलपुर पोस्टिंग हैं?"

"नहीं। जबलपुर तो बस दो दिन रुकना है। फिर तो मैं छत्तीसगढ़ बॉर्डर पर जाऊँगा।"

"छत्तीसगढ़ बॉर्डर पर?"

"जी हाँ। नक्सलाइट एरिया में कहीं पोस्टिंग होनी है।"

संजना का सर्वांग सिहर गया। ऐसा नाज़ुक, कोमल सा बच्चा और नक्सलाइट एरिया में। उसके अंदर की ममता उमड़ पड़ी। वैसे भी, पहले पढ़ाई और फिर नौकरी के सिलसिले में अपने बच्चों के घर से जाने के बाद संजना को हर लड़के में अपना बेटा नज़र आता है।

"आपने देखा ही होगा टी.वी. पर रोज पंद्रह बीस जवान नक्सलाइट से लड़ते हुए मारे जाते है।"

"बेटा, टी.वी. पर देखना अलग बात है और ऐसे जन से मिलना जो रोज नक्सलाइट से मुठभेड़ करता हो अलग बात है। नक्सलाइट भी तो तुम्हारे जैसे ही जवान होते होंगे।"

"हाँ। चौदह से चालीस साल की उम्र के बीच के। उसमें लड़कियाँ भी होती है।"

"लड़कियाँ भी?"

"जी हाँ। लड़कियाँ भी।"

"लेकिन आखिर नक्सलाइट लड़ते क्यों चले आ रहे हैं?"

"उनका एम (उद्देश्य) है, दो हजार पचास तक पूरे भारत पर कब्ज़ा।"

"वह तो संभव नहीं है।"

हमारा गंतव्य स्टेशन निकट आ रहा था, इसलिये संजना ने सोचा कि अब उसे तैयार हो जाना चाहिये। उसके पति, उसे प्लेटफॉर्म पर रिसीव करने आने वाले थे। तीन दिन बाद अगर वह, संजना को इस अवस्था में पाएंगे तो क्या सोचेंगे? संजना ने अपनी बड़ी सी पानी की बोतल उठायी और ब्रश करके तैयार हो गयी।

जब संजना ने हल्की लिपस्टिक और पाउडर लगाकर बाल काढ़ लिये तो पर्स में से एक पतली-सी साईं बाबा की बुक और एक अपने गुरु जी की बुक निकाली उनको माथे से लगाकर, वे दोनों छोटी सी पुस्तकें उस युवक को देते हुए कहा कि,

"ये अपने पास रख लो। गुरुदेव और साईं राम तुम्हारी रक्षा करें। पता नहीं उस बीहड़ अरण्य में कहाँ जाओगे? तुम्हारी मम्मी बहुत बहादुर हैं, जो बेटे को फ्रंट पर भेज देती हैं।"

"आंटी! मेरा बड़ा भाई भी आर्मी में है। वह जम्मू में पोस्टेड है।"

"जम्मू यानी एक और आतंकवादियों का इलाका। उस माँ का दिल कितना बड़ा होगा, जिसने अपने दोनों बेटे, देश के नाम अर्पण कर दिये, जिनके सिर पर मौत सदा मंडराती रहती है। मैं तो अपने बच्चों को होस्टल भेजने में भी रोती थी और जब तक उनका पहुँचने का फोन नहीं आ जाता तब तक नींद नहीं आती।"

"आंटी! मम्मी भी रात से रो रही हैं। सुबह भी बात की तो वह रो रही थी।"

उसकी आँखें भी नम हो गयी। ख़ुद पर नियंत्रण पाकर वह कहने लगा,

"मेरा शुरू से ही पढ़ने लिखने में मन नहीं लगता था। इंटर के बाद बस बी.ए. कर लिया। बस एक ही जुनून था, फ़ौज में जाना है और बस फ़ौज में पहुँच भी गया।"

और फिर वह हलके से हँसकर बात को जारी रखते हुए बोला,

"मेरा तो पूरा परिवार फ़ौज में है। मेरे सारे चाचा, ताऊ। सिर्फ़ मेरे पापा ही सिविलियन है। सब के लड़के भी फ़ौज में है और सब ने दामाद भी फ़ौजी ही ढूँढे हैं। परिवार की सारी लड़कियाँ भी फ़ौजियों को ही ब्याही गयी है।"

फिर थोड़ी साँस लेकर बोला,

"मेरा भाई जम्मू पोस्टेड है और मेरी नवविवाहिता गाँव में रहकर सास-ससुर की सेवा कर रही है। जब किसी शादी में या दीवाली पर हम सब इकट्ठे हो जाएँ तो लगता है जैसे पूरी पलटन ही इकट्ठी हो गयी हो और हम सब मिलकर खूब मौज मस्ती करते है।"

संजना ने भरे गले से कहा,

"बेटा, ये किताब अपने पास रखो। ईश्वर तुम्हारी रक्षा करें।"

उसने एक-दो पेज पढ़कर माथे से लगाकर वह किताब अपने बैग में रख ली।

"तुम कभी विविध भारती पर जयमाला सुनते हो क्या? जवानों के लिये आता है।"

"नहीं आंटी! इतना टाइम ही कहाँ मिलता है हमें। वैसे डिश टी.वी. है हमारे पास।"

उसने फिर अपने मोबाइल पर संजना को फोटो दिखायी कि टेंट में कैसे रहते है? ज़रूरत पड़ने पर कैसे ख़ुद खाना बनाते हैं? दूर-दूर तक फैले हुए हरे-हरे घास के मैदान और उसमें कहीं लेटे और कहीं बैठे हुए फ़ौजी।

"हम जो अपने घरों में इतने आराम से बैठे होते हैं, वह तुम फ़ौजी लोगों के कारण ही तो संभव हो पाता है।"

संजना ने अपने फोन पर उसका नंबर फीड कराया और उसको अपना नंबर दिया।

"तुम कितने छोटे से हो और कितने बहादुर।"

"आंटी! अब तो आपसे जरूर बात करूंगा और कैंटीन से आपको भी ऐसा बैग दिलवाऊँगा।"

संजना ने कहा बेटा! तुम ज़रूर बात करना और अगर फिर इधर आओ और समय मिल सके तो घर आना।

जब संजना के पति उसे डिब्बे के अंदर लेने आये तो उनके गोरे मुख और ब्ल्यू शर्ट को देखकर वह आनंदित हो उठी और उसके मुँह से यही शब्द निकले कि देखिये, ये हमारे बेटे जैसा है। युवक ने हाथ जोड़कर उन्हें नमस्ते की और चटपट अपना बैग उठाकर नीचे उतर गया। संजना को लगा कि अरे यह तो एकदम ही चला गया, बाय भी नहीं कहा। चलो कोई बात नहीं, सहयात्री ही तो था।

लेकिन जब वे दोनों प्लेटफॉर्म पर नीचे उतरे, तो वहाँ फ़ौजी अंदाज़ में तन कर खड़ा हुआ युवक मुस्कुराता खड़ा था।

उसने आदरभाव से झुककर उन दोनों के पैर छुए और उन दोनों के मुँह से एकसाथ आशीष स्वरूप निकला,

"भगवान सदा तुम्हारी रक्षा करें! चिरंजीवी भव!"

फिर वह हाथ जोड़कर, सिर नवाकर, भीड़ के उस सैलाब को चीरता हुआ, तेज़ी से कदम बढ़ाता हुआ उसी भीड़ में कहीं ग़ायब हो गया।

उससे हुई बातों का असर संजना के दिमाग़ पर बहुत देर तक बना रहा। वह नहीं समझ पाई कि ये कैसा अनाम संबंध था, जो संजना को आधे घंटे में ही ममता की डोर से बाँध गया था। विदा लेकर जाते समय उसकी आँखें भी नम हो आई थीं। कुछ एक बार, उससे फोन पर बात भी हुई। फिर क्रमशः फोन आने का सिलसिला टूट गया। अब पता नहीं वह कहाँ रहकर देश सेवा में जुटा होगा?

उससे मिलकर जीवन का एक नया दृष्टिकोण उत्पन्न हुआ था। एक नया उल्लास, एक नयी उमंग। संजना सोचती थी कि हम जैसे लोग तो बस छोटी-छोटी परेशानी आने पर घबरा जाते है, परंतु ये फ़ौजी हँसते-हँसते अपने सीनों पर दुश्मनों की गोलियाँ झेल जाते है। अब जब कभी भी वह टी.वी. पर नक्सलाइट से मुठभेड़ की खबर देखती, तो उसे को अपना वह अनाम बेटा याद आ जाता है। बड़ी सी राइफ़ल लिये, न जाने कौन से जँगल में, किस दरख़्त के पीछे या लम्बी घास में छुपकर दुश्मनों की गोलियों का सामना करता होगा। हे ईश्वर! उसकी रक्षा करना। वह जहाँ भी रहे, सदैव सुरक्षित रहे।

33.
अनोखा रिश्ता

इस रिश्ते को क्या नाम दिया जाए? वो कौन सी डोर थी जिसने अपर्णा और उसे बाँध रखा था? अपर्णा, दो बच्चों की माँ होते हुए भी, पढ़ाई के सिलसिले में बच्चों के बाहर रहने के कारण, बरसों से नितान्त अकेली थी। मन का एक कोना खाली था और पीड़ा से भरा हुआ था। पति का असीम प्रेम भी उस खाली कोने को नहीं भर पाता था।

अपर्णा उन दिनों अपने डिपार्टमेंट के ट्रेनिंग सेंटर में थी। नियमित कर्मचारियों के नियत समय अंतराल पर चलते रहने वाले विभागीय ट्रेनिंग कार्यक्रमों के अलावा कभी-कभी वहाँ कॉलेज से निकले और नये-नये नौकरी में भर्ती किये गये ट्रेनी भी आया करते और उनके इंटरव्यू भी हुआ करते थे। अपने दोनों बच्चों के बाहर जाने के बाद, अपर्णा उन बच्चों में अपने बच्चों की झलक पाती थी।

उन्हीं दिनों में अपर्णा को वह नवयुवक मिला था। इंटरव्यू देने आये बच्चों में, वो अकेला हॉल के एक कोने में बैठा था। उसके सुंदर मुखमंडल और भोले-भाले चेहरे ने बरबस ही अपर्णा का ध्यान उसकी ओर आकर्षित किया।

अपर्णा ने उससे उसका नाम और उसकी पारिवारिक के बारे पृष्ठभूमि के बारे में पूछ लिया। माँ के बारे में पूछे जाने पर, क्षण भर वो चुप रहा फिर धीरे से बोला, मेरी माँ नहीं है। अपर्णा स्तब्ध रह गयी। उसके द्वारा अनौपचारिक रूप से पूछे गये प्रश्न का ऐसा उत्तर मिलेगा, उसने सोचा भी नहीं था। उस युवक ने बताया था कि अपने ही घर के किचन में लगी आग ने उसकी माँ को स्वाहा कर दिया था। बच्चों पर ममता लुटाने वाली माँ पल भर में ही कोयले का ढेर हो गयी थी।

लगातार चलने वाले ट्रेनिंग प्रोग्राम संबंधी कामों में अपर्णा अत्यधिक व्यस्त रहती थी। समय बीतने के साथ, बात आई-गई हो गई और समय के साथ, वह उस बच्चे को भूल गयी। लगभग दो साल पहले अचानक ही उसका लैंडलाइन फोन घनघनाया। अपर्णा ने फोन उठाया तो दूसरी तरफ़ से आवाज़ आई,

"मैडम! मैं विनय बोल रहा हूँ, बॉम्बे से। आप कैसी हैं?"

उसकी आवाज सुनकर अपर्णा भाव-विभोर हो गयी थी। विनय ने अपर्णा का नम्बर आर.टी.आई. (रीजनल ट्रेनिंग इंस्टीट्यूट) से पता लगाया था। कुछ ही दिनों पहले, अपर्णा के बेटे की पोस्टिंग भी बॉम्बे हुई थी और वह बेटे की कुशलता को लेकर बहुत चिंतित रहती थी। अपर्णा ने जब अपने बेटे की बॉम्बे पोस्टिंग बारे में विनय को बताया, तो विनय कहने लगा,

"आप बिल्कुल चिंता मत करिये, मैडम! आप अपने बेटे का नंबर दीजिये, मैं उसका ध्यान रखूँगा।"

समय बीतता गया। अपर्णा का बेटा छः महीने में एक बार ही घर आ पाता था और वो भी एक या दो दिन के लिये। लम्बा सफ़र ही उसकी छुट्टियाँ चुरा लेता। अचानक ही बेटे के लिये अपर्णा के मन में तड़प बहुत बढ़ गयी। अकसर वह इसी सोच में रहती कि मैं कब बच्चों के पास रहूँगी? कब उन्हें अपने हाथ से बनी, घी लगी रोटी खिलाऊँगी, तेल की चंपी करूँगी, सुबह माथा चूम कर प्यार से जगाऊँगी।

जल्दी ही कुछ ऐसा अवसर आया कि उसका अपने बेटे के पास जाने का प्रोग्राम बन गया। वह अपने दो दूसरे दोस्तों के साथ एक फ्लैट शेयर कर रहा था। उन बच्चों की दुनिया में जाकर अपर्णा का मन तृप्त हो गया। जिस बेटे को देखने के लिये तरसती थी, वह उसी के पास रजाई ओढ़कर सोता। सुबह उसको प्यारा सा तैयार होता देखती और उसके साहबी ठाठ बाट देखकर अपर्णा निहाल थी। उसको घी लगी गरम रोटी खिलाकर, अपर्णा की आत्मा जैसे तृप्त हो गयी थी। सवेरे-सवेरे बेटे को जिम जाते हुए देखना और शाम को बेटे के साथ मॉल में लक्ज़री क्लास के टिकट में मूवी देखना। जैसे यहाँ आकर अपर्णा की दुनिया ही बदल गयी थी।

एक दिन बेटे के ड्यूटी पर चले जाने के बाद दोपहर में खाली वक्त गुज़ारती हुई, अपर्णा फोन में 'वी' अक्षर से नंबर स्कैन कर रही थी कि अचानक उसे 'विनय बॉम्बे' दिखायी दिया। अपर्णा को यह जानकर बहुत अच्छा लगा कि संयोग से विनय भी बॉम्बे में ही है। अपर्णा ने उसको फ़ोन पर कॉल किया। उसकी आवाज सुनते ही विनय चहक उठा,

"अरे मैडम! आप।"

"तुम मुझे पहचान गये?"

"आपको कोई कैसे भूल सकता है मैडम?"

"इन दिनों मैं मुंबई आई हुई हूँ।"

"अरे वाह। फिर तो आप हमारे घर ज़रूर आइये।"

"बेटा! मैं तो बॉम्बे में कहीं अकेले नहीं आ-जा सकती। हो सके तो तुम ही कल मेरे पास लंच के लिये आओ।"

विनय ने फोन पर पता नोट कर लिया और अगले ही दिन विनय अपर्णा के फ्लैट के दरवाजे पर खड़ा था। उसका भोला गुलाबी चेहरा वैसा ही सुंदर था। आँखों पर काले फ़्रेम का चश्मा लग गया था। जब वह पूरे श्रद्धा-भाव के साथ, अपर्णा के पैर छूने के लिये झुका, तब उसके अंदर ममत्व स्वतः ही जाग उठा और स्नेह से उसके सिर पर हाथ फेरकर अपर्णा ने उसको सगी माँ की भाँति गले से लगा लिया।

मुंबई की व्यस्त जीवन शैली में जितने समय भी वह रुक सकता था, वह रुका। उस सीमित समय अंतराल में बहुत सी बातें हुईं और उसने लंच भी किया।

अपर्णा ने उसे गरम-गरम रोटियाँ सेंक कर खिलाईं और वो किचन में पास ही खड़ा हुआ खाना खाता रहा। बात-बात में वह बच्चों की तरह हँसता-मुस्कुराता जो यह बता रहा था कि वह हृदय से अत्यन्त प्रसन्नता अनुभव कर रहा था। दोपहर का कुछ समय उसके साथ आनंद से बीत गया। फिर एक लम्बी टैक्सी राइड लेकर, वो अपर्णा को उसके एक जाने पहचाने परिवार के घर तक छोड़ गया और जाते-जाते कह गया कि

"मैडम! मुंबई से लौटने के पहले, एक बार मेरे ऑफ़िस जरूर आइयेगा।"

उसके जाने के बाद भी उसके कहे ये शब्द अपर्णा के कानों में गूँजते रहे।

फिर, मुंबई से लौटने के पहले, किये वायदे के मुताबिक़, अपर्णा और उसके बेटे ने, एक दिन, विनय के साथ बिताया। विनय ने अपना ऑफ़िस घुमाने के साथ-साथ बढ़िया लंच भी कराया। लंच के दौरान बातचीत में उसने बताया था कि बारहवीं की परीक्षा देने के बाद दो दिनों के लिये वो अपनी बुआ के घर चला गया था और उन दो दिनों में ही उसका माँ की ममता से भरा संसार नष्ट हो गया था। मम्मी, पापा और भाई घर में लगी आग में बुरी तरह झुलस गये थे। वो बहुत कष्ट भरे दिन थे। बेटा होते हुए भी, उसने माँ का हर काम किया, पापा और भाई की केयर की। लेकिन माँ को नहीं बचाया जा सका। डबडबाई आँखों से उसने गुलाबी साड़ी और चूड़ियाँ पहने हुए अपनी ख़ूबसूरत माँ की तस्वीर भी दिखायी थी। उसकी दुख भरी गाथा सुनकर, अपर्णा का दिल भर आया था।

लंच के बाद दोनों बच्चों के साथ, जब अपर्णा उस महानगर में घूम रही थी, तब वह ख़ुद को सबसे भाग्यशाली माँ समझ रही थी। देर शाम को जब वह वापिस लौटने लगी, तब विनय बोला,

"मैडम! आप मुझे भूल मत जाइयेगा।"

जिस नितांत बाल-सुलभ निश्छलता से उसने ये बात कही थी, उस समय उसका भाव-विभोर चेहरा इस बात का साक्षी था कि ये शब्द उसके दिल की गहराइयों से निकले रहे थे। अपर्णा ने ममता भरे हाथों से उसके सिर पर आशीष भरा हाथ रखते हुए उसे आश्वस्त किया कि

"विनय। हम तुम्हें कैसे भूल सकते हैं?"

"मैडम! इस छोटे से जीवन में अब तक मैंने जो भी देखा है, उससे यही जाना है कि दुनिया में सब कुछ खरीदा जा सकता है लेकिन माँ की ममता और अफ़ेक्शन को नहीं। आपसे थोड़े समय में ही माँ जैसा प्यार मिला है। मैं तो आपको कभी नहीं भूल सकता।"

"बेटा! तुम मुझे इतना ही मानते हो, तो अब से मैडम नहीं, माँ ही कहा करो।"

"ठीक है, माँ। पता नहीं अब आपसे कब मिलेंगे।"

अरे! ऐसा क्यों सोचते हो। जब तुम्हारा मिलने का जी करे, बेहिचक चले आना। माँ के घर आने में सोचने की ज़रूरत नहीं होती।"

लौटते समय अपर्णा का सगा बेटा, उसके पास टैक्सी में बैठा हुआ था और मुँहबोला बेटा होंठों पर जबरन मुस्कुराहट बनाये रखने का प्रयास करता हुआ भीगी आँखों से उन्हें विदा कर रहा था। विनय की भीगी हुई आँखें उसके अंतर्मन का दर्द बयाँ कर रही थी। टैक्सी चल पड़ी थी और विनय पीछे छूट गया था। टैक्सी में बैठी अपर्णा की आँखों के आगे सहसा वह दृश्य उभर आया जब विनय ने धीरे से चश्मा उतारकर सबकी आँखों से बचते हुए अपनी भीगी आँखें शर्ट की बाँह से पोंछ ली थीं। उस दृश्य की अनुभूति से अपर्णा की आँखों में भी नमी छलक आई।

ये कैसा अनोखा रिश्ता है अपर्णा नहीं जानती, बस विनय से बिछड़ते हुए मन ही मन वह सच्चे हृदय से यही प्रार्थना कर रही थी कि "हे ईश्वर! मेरे इस अजाये बेटे पर सदैव कृपा बनाये रखना।"

34.
वो यादें, वो लमहे

ज़िंदगी बहती हुई एक नदी के समान है, जिसमें काफी समय, हम अपनों से रूठने और फिर उनको मना लेने के इंतज़ार में निकाल देते हैं। कुछ ऐसा ही प्यारा रिश्ता था, मेरा और मेरे पापा का। एकमात्र दुहिता होने के कारण मैंने उनका असीम प्यार भी पाया था और कभी-कभी डाँट भी। लेकिन प्यार पाने के पल असीम हैं, तो डाँट खाने के उँगलियों पर गिनने लायक। जैसे, जब मैंने रिक्शावाले को दस की जगह, बीस के मुड़े हुए दो नोट दे दिए थे या अपनी सफेद स्कर्ट पर ग्रीन इंक का धब्बा लगा दिया था। ऐसे अवसरों पर पापा की एक डाँट या थप्पड़ जीवन भर के लिए शिक्षा दे जाता था। आज तक, मैं किसी को भी पैसे देने के लिए पहले यह देख लेती हूँ कि कहीं एक की जगह दो नोट तो नहीं जा रहे, या साड़ी अथवा ड्रेस पर कोई धब्बा तो नहीं आ गया है।

*****

पापा की याद आते ही उनका गोल-गोल गोरा चेहरा, नीली चमकती आंखें और स्निग्ध हँसी याद आ जाती हैं। मध्यम कद-काठी, दूध जैसा सफ़ेद रंग, गुलाबी गाल और चेहरे पर एक मासूम सा भोलापन। उम्र की पकी अवस्था में आकर, आगे से उनका सिर गंजेपन का शिकार था और किनारे-किनारे थोड़े-थोड़े सफ़ेद बाल नज़र आते थे, लेकिन अपनी युवावस्था में पापा एकदम राजकपूर जैसे लगते रहे होंगे।

मेरे बाबाजी (दादाजी) पोस्ट ऑफिस में पोस्ट मास्टर के पद पर थे और मेरी दादी जी बड़ी दृढ़ निश्चियी गृहस्थिन महिला थीं। उन्होंने कसम खाई थी कि मैं अपने किसी बेटे को बाबू (क्लर्क) नहीं बनने दूँगी। घर में उपस्थित एकमात्र मेज़ पर सिर्फ़ एक लालटेन जलाकर, उनके चारों

बेटे इकट्ठे पढ़ते। रात को जितनी देर तक बच्चे पढ़ते रहते, दिन भर की थकी-माँदी दादी जी भी जागती रहतीं।

उस जमाने में पापा की बारहवीं कक्षा में, पूरे उत्तरप्रदेश में दसवीं रैंक आयी थी। उस समय बाबाजी की आर्थिक परिस्थिति ऐसी नहीं थी कि पापा को एंजीनियरिंग करने के लिये भेज पाते। अत: उन्हें बी.एस.सी. में दाखिला दिलवा दिया गया। पापा ने लखनऊ विश्वविद्यालय से ईस्वी सन् 1954 में, बी.एस.सी. स्नातक उपाधि में सर्वप्रथम स्थान अर्जित करते हुए, तीन स्वर्णपदक प्राप्त किए थे। ये पदक उन्हें क्रमशः बी.एस.सी. में सर्वप्रथम स्थान पर आने तथा रसायनशास्त्र और भौतिकशास्त्र इन दो विषयों में सर्वोच्च अंकों के लिए प्रदान किए गये थे। उसी साल, उन्होंने रुड़की यूनिर्वसिटी की प्रवेश परीक्षा में पूरे देश में टॉप किया और उनका रुड़की यूनिर्वसिटी में सिलेक्शन हो गया। ईस्वी सन् 1957 में, भारत के तत्कालीन सर्वोत्तम इंजीनियरिंग संस्थानों में से एक, रुड़की विश्वविद्यालय (अब आई.आई.टी. रुड़की) से, सिविल अभियांत्रिकी में स्नातक उपाधि प्राप्त करने के बाद, वे आजीवन उत्तरप्रदेश सरकार के लोक निर्माण विभाग में सेवारत रहे और एक ईमानदार, कुशल, कर्त्तव्यनिष्ठ एवं यशस्वी अभियंता के रूप में, मुख्य अभियंता के पद तक पहुँचने में सफल रहे।

अच्छी पढ़ाई के सूत्र के रूप में पापा ने, हमें हमेशा यही सीख दी कि शैक्षणिक सत्र शुरू होने के पहले महीने में ही, सारी किताबों की नॉवेल रीडिंग कर लो, यानी शुरू से आख़िर तक पूरी क़िताब, एक बार सरसरी तौर पर पढ़ लो। सरसरी तौर पर एक बार पढ़ा हुआ होने के बाद, एक बार फिर स्कूल में जो चैप्टर अगले दिन पढ़ाया जाना है, उसे स्कूल जाने से एक रात पहले पढ़कर जाओ और अगले दिन क्लास में जब अध्यापक नियमित कक्षा में जो पढ़ाये उसे ध्यान से सुनो। ऐसा करने से जब टीचर जब कक्षा पढ़ा रहे होंगे तो सब कुछ पहले से पढ़ा हुआ लगेगा और अच्छी तरह समझ में आएगा। टीचर के लेक्चर को सुनते हुए, वहीं क्लास में शॉर्ट नोट्स बना लो और घर लौटकर उन नोट्स को रिवाइज़ कर लो। ऐसा करने से हर पाठ बहुत पक्का तैयार होगा और परीक्षा के

समय रिवीज़न करने में बहुत आसानी होने के साथ, प्रश्नपत्र भी सरलता से हल कर के अच्छे अंक प्राप्त किये जा सकते हैं।

वे यह भी कहते थे कि कभी बिस्तर पर बैठकर नहीं पढ़ना चाहिये। पापा हमें बताते थे कि अपनी स्टूडेंट लाइफ में, कड़ी ठंड के मौसम में भी, वे हमेशा टेबल पर बैठकर ही पढ़ते रहे चाहे जूते-मोजे भी पहनने पड़े हों। उनकी वो स्टडी टेबल, जो बाद में हिलने भी लगी थी, मेरी लकी टेबल थी। स्कूल तक उसी टेबल पर पढ़कर, मैंने अच्छे अंक प्राप्त किए।

*****

बड़ों से अपने बचपन के बारे में जो कुछ सुना, उससे मुझे पता चला था कि मेरे जन्म के समय पापा असिस्टेंट एंजीनियर (सहायक अभियंता) के पद पर कार्यरत थे। समय से लगभग दो माह पूर्व पैदा हो जाने के कारण प्राकृतिक रूप से कमज़ोर सी पैदा हुई बिटिया को देखकर कुछ लोगों के मुँह से निकल ही जाता था कि "माथुर साहब आपकी ये लाड़ली इतनी नाज़ुक सी है, ये जिंदा रहेगी भी या नहीं?" पापा बिटिया को प्यार से गोद में लेकर देखते और कह देते कि "देखते हैं" और फिर हँस देते। अपनी नन्ही सी प्रीमेच्योर (समय से पूर्व पैदा हुई) बेटी को, जन्म के कुछ ही अंतराल बाद, पापा ने गंगा जी की शीतल धारा में डुबकी लगवा दी थी। पीछे खड़ी मम्मी, बस अरे... अरे... करती रह गई थी।

उच्च शिक्षित, बेहद मेहनती, लेकिन स्वभाव से ही मस्त, पापा सरकारी कामों में बहुत व्यस्त रहते थे। घर पर लगातार फोन घनघनाया करता। कई बार छोटी सी बेटी उनके दायें हाथ में होती और बायें हाथ में होता, टेलिफोन का रिसीवर। तब वो, नन्ही कली सी बिटिया को एक हाथ में लेकर झूला झुलाते रहते और दूसरे हाथ से कान पर फोन का रिसीवर सटाये, काम की बात करते जाते थे।

मेरे गोल-गोल भोले चेहरे और बड़ी-बड़ी आँखों को देखकर लोग चिढ़ाते हुए कहते बुद्दू। छोटी उम्र में बहुत समझ तो थी नहीं, लेकिन पता नहीं क्यों मुझे बड़ा बुरा लगता और मैं रुआँसी हो जाती। तब पापा

ने बहुत प्यार से मुझे सिखाया कि जो तुम्हें बुद्धू बोले, पलट कर उसी को तुम बोलो बुद्धू।

प्रोफ़ेशन (व्यवसाय) से सिविल इंजीनियर पापा, धूल भरी अन्डर कंस्ट्रक्शन (निर्माणाधीन) सड़कों का दौरा करके आते और रात को घर आकर ठंडे पानी से नहाकर पूजा करते। उनकी चमकती गोरी, मज़बूत बाहें, जैसे हम सभी का जीवनाधार थी।

जाड़ों में अकसर, पापा चारों बच्चों को गुदगुदी गर्म रजाई में बैठा लेते? जेब से रुमाल निकालते और उसमें बँधे काजू, बादाम, किशमिश निकाल-निकाल कर हम बच्चों को खिलाते। कभी-कभी भुनी हुई मूँगफलियों के भी दौर चलते। कभी-कभी पापा, मस्ती करने के मूड में, रजाई के एक सिरे से हमारे पैर पकड़ते और अंदर ही अंदर अपने पास खींचकर गोदी में बैठा लेते।

जब वे सुल्तानपुर में पोस्टेड थे तब उनका आधिकारिक निवास था डिस्ट्रिक्ट इंजीनियर की बड़ी सी कोठी। आगे बड़ा सा लॉन, पीछे विशालकाय आँगन। घर से कुछ ही दूरी पर बहती थी, गोमती नदी की पावन धारा। उन दिनों, उस कोठी के प्रांगण में ही पलती थीं दुधारू गायें और भैंसे। पापा थे एक बड़े से संयुक्त परिवार के कमाऊ बेटे। उन दिनों, बाबाजी, अम्मा जी दो बुआएँ, चाचा और बाद में चाची भी वहीं आई थीं। लेकिन उस बड़ी सी कोठी में, इतने लोगों के रहने पर भी, किसी को कोई परेशानी महसूस नहीं होती थी।

अपनी गुड़िया सी लाड़ली बेटी की फरमाइश पर, सिविल इंजीनियर पिता ने, उसी कोठी के प्रांगण में बिटिया की गुड़िया के लिये भी एक घर बनवा दिया था। उस छोटे से मॉडल घर में भी बहुत से कमरे और कार गैरेज भी बनवाया गया था, जिसमें भैया की खिलौने वाली नीली कार खड़ी होती थी। उस छोटे से घर के कमरों में तो बच्चे घुस नहीं सकते थे, लेकिन बच्चा-पार्टी उसकी छत पर पाँव रखने की आजमाइश ज़रूर करती रहती थी।

*****

और फिर हुआ, सुल्तानपुर से कानपुर का ट्रांसफर। वहाँ जाकर जल्दी से ड्यूटी जॉइन करने का आदेश मिला और मजबूरी में, जुलाई के महीने की तेज़ मूसलाधार बारिश में भी, पापा को खुद ही गाड़ी चलाकर, आनन-फानन में कानपुर जॉइन करने आना पड़ा था। उस यात्रा में कार ड्राइव करते हुए, वे कभी कपड़े से सामने का शीशा पहुंचते और कभी साइड का। उसके बाद भी कई मौकों पर मैंने देखा कि पापा हमेशा से हिम्मत के धनी थे। कैसी भी कठिन परिस्थितियाँ आ जाएँ, भले ही तनाव के क्षणों में थोड़ी तेज़ आवाज़ में बोलकर या नाराज होकर अपनी बात दूसरों से कह दें, लेकिन वे कभी घबराते नहीं थे। प्रदेश के भीतर, जब भी हम लोग लंबी दूरी की यात्रा के लिये निकलते तो अकसर जीप या कार से ही ट्रैवल करते। रास्ते में पड़ने वाले आम के बागों में और अधूरे बने ब्रिज (पुल) पर दरी बिछाकर खाना-खाना, हमें पिकनिक का मज़ा देता था। बीच-बीच में रुक-रुककर पापा कंस्ट्रक्शन साइट (निर्माण-स्थल) का इंस्पेक्शन (निरीक्षण) भी करते जाते।

कानपुर आने पर, जब चार या पाँच साल की उम्र में, मैंने लिखना सीखा, तो पापा को समझ में आ गया कि उनकी बिटिया का दिमाग उलटा काम करता है। मैं सारे अक्षर अकसर उलटे ही लिखती थी और पापा समझाते की उलटा लिखा है तो उसे शीशे में दिखाकर कहती, देखो! सही तो लिखा है। अब मुझे कैसे समझ में आ गया था कि शीशे में उलटा दिखाई देता है, ये मेरे लिये भी एक पहेली ही है।

मेरी दुविधा को सुलझाने के लिये पापा ने कुछ प्यार से कुछ डाँटकर, मेरे सिर पर हाथ फिरा-फिराकर बहुत मुश्किल से मुझे समझाया कि देखो ये तुम्हारा सीधा दिमाग है और ये उलटा। तुम्हें उलटे नहीं सीधे दिमाग से लिखना चाहिये। पापा की मेहनत रंग लाई और धीरे-धीरे मैं अक्षरों को सीधा लिखना सीख गई थी। अब सोचती हूँ कि पापा ने उस समय इतनी मेहनत न की होती तो स्कूल में, शायद मैं मानसिक रूप से कमजोर मान ली गई होती या अशिक्षित ही रह जाती। थैंक यू पापा!

मम्मी रेनॉड्स सिंड्रोम नाम की बीमारी से ग्रसित थी। उस बीमारी के कारण मौसम के थोड़ा ठंडा होते ही उनके हाथ-पैरों की उँगलियों के

जोड़ों और सिरों तक रक्त-प्रवाह नहीं पहुँच पाता था। इस वजह से जाड़े का मौसम आते ही पहले उनकी उँगलियाँ कुछ पीली सी होतीं और फिर नीली पड़ जाती। इस मौसमी परेशानी से बचने के लिये, जाड़ा शुरू होते ही मम्मी, दोनों छोटे भाइयों को लेकर, मामा जी के पास भिलाई चली जाया करती थीं, क्योंकि वहाँ सर्दी का प्रकोप कुछ कम रहता था। मैं और बड़े वाले भैया, पापा के संरक्षण में कानपुर में रहते।

मम्मी के भिलाई जाने के दिनों में, दिनचर्या कुछ अलग ही तरह की होती थी। शाम को ऑफिस से आने के बाद, पापा मुझे और भैया को साथ बैठाकर पढ़ाते। अंग्रेज़ी की पहली पोयम 'लोटस' और हिंदी की 'उठो लाल अब आंखें खोलो' पापा ने ही रटाई थीं? रविवार को पापा की काम से छुट्टी होती और उस दिन पापा का दिया हुआ हमारा होमवर्क होता था, दोपहर को 3:00 बजे से बैठकर गणित के 40 सवाल हल करना। अब याद नहीं कि पूरे 40 सवाल हल करते भी थे या पापा लाड़-दुलार में पहले ही छोड़ देते थे। ख़ैर, संडे की उस एक्स्ट्रा क्लास का रिजल्ट ये हुआ कि क्लास थर्ड में, मैं पहली बार फ़र्स्ट आई और इनाम में मिला, रूमालों का एक सेट और कढ़ाई के लिए रेशम के धागे। अकसर हम तीनों भाई बहन क्लास में फर्स्ट आते और खुशी में भरे उछलते-कूदते हुए घर पहुँचते। सबसे छोटा भाई हम सबसे काफी छोटा था।

*****

वैसे तो पापा खुद कभी नहीं गाते थे, लेकिन किसी भी प्रोग्राम में मौका मिलने पर हम बच्चों से गाना जरूर गँवाते। लय और ताल शायद विरासत में हमने माँ से पाई थी। सुना था कि बचपन में कभी एक बार, पापा शौकिया तौर पर गा रहे थे और तभी उनके बड़े भाइयों ने 'गर्दभराज!....गर्दभराज!' कहकर उन्हें चिढ़ा दिया। जब पापा को जब उसका मतलब समझ में आ गया तो फिर वृद्धावस्था में पहुँचने तक उन्होंने कभी गाना नहीं गाया, हालांकि जीवन के आखिरी वर्ष में उन्होंने अपनी ये साध भी पूरी की और एक भजन गाकर वीडियो

बनाया था। लेकिन वो दिन आने तक, उम्र में उनसे बड़े सभी लोग परलोक सिधार चुके थे और उन्हें 'गर्दभराज' कहकर चिढ़ाने वाला कोई नहीं बचा था।

*****

जीवन की अनेक ख़ूबसूरत यादों में, वो यादें भी शुमार हैं, जब कभी-कभी पापा, हम बच्चों को साइकिल से स्कूल लेने आते थे। यूँ तो रोज़ ही किसी न किसी के साथ ही स्कूल से घर आते-जाते थे, लेकिन पापा के साथ सायकल पर बैठकर आने का मज़ा कुछ अलग ही होता था। ऐसे ही, जब कभी मैं कपड़ों की ख़रीददारी के लिये जाती हूँ, बचपन में एक बार पापा के दिलाए वो छः पजामे हमेशा याद आ ही जाते हैं। किस्सा कुछ यूँ है कि जब मैं क़रीब आठ साल की होने को आई तब, उस ज़माने की सामाजिक मान्यताओं के अनुसार, बाबाजी से मुझे अकसर डाँट पड़ती रहती कि इतनी बड़ी होकर लड़की नंगी-नंगी टांगें लेकर घूमती रहती है। एक दिन शाम को बाबाजी ने कुछ ज़्यादा ही ज़ोर से डाँट दिया, उस दिन मुझसे रहा नहीं गया। संयोग से पापा भी उस दिन कुछ देरी से ऑफिस से लौटे। मम्मी किचन की जवाबदारियों में उलझी हुई थीं और मेरा मूड तो ख़राब था ही, इसलिए मैंने भी पापा से बात करने का उत्साह नहीं दिखाया। लेकिन पापा को यह समझने में देरी नहीं लगी कि बिटिया किसी कारण से रूठी-रूठी सी है। जब उन्होंने मुझसे बहुत प्यार से पूछा तो मेरी रुलाई फूट पड़ी और रोते हुए मैंने उनसे शिकायत की कि पाजामे न पहनने की वजह से बाबाजी से मुझे रोज़-रोज़ डाँट पड़ने लगी है। तब उसी समय पापा ने, अपनी लाड़ली को साइकिल पर आगे बैठाया और रात को 8:00 बजे नवीन मार्केट ले गए। वहाँ उन्होंने मुझे छह रंगों के पाजामे के कपड़े दिलवाए, नीला, हरा, लाल, पीला, नेवी, ब्लू और काला। बेचारी मम्मी, एक पंजाबी आंटी से चूड़ीदार पाजामे सिलना सीखकर, कई दिनों तक मेरे पाजामों की सिलाई करती रहीं। लेकिन उस घटना का मेरे मनोमस्तिष्क पर अभी तक इतना गहरा असर है कि आज तक मैं सिंगल या एक कपड़ा खरीदने में असहज ही रहती हूँ और

अकसर एकसाथ एक जैसी अलग-अलग रंग की कई साड़ियां, गाउन या चद्दरें ले लेती हूँ।

*****

बनारस के विश्वनाथ मंदिर की एक दिल दहलाने वाली एक और घटना भी मेरे मानस-पटल पर अमिट छवि छोड़ गई थी। पापा हम सब को साथ लेकर, सपरिवार मंदिर गए थे। हमारी छोटी बुआ भी साथ में थीं जिनकी गोद में उनकी छोटी सी बच्ची (हमारी बहन) थी। अचानक सीढ़ियों पर से भीड़ का एक तेज़ रेला सा आया। एकबारगी ऐसा लगा कि बुआ और छोटी बच्ची उसमें कुचल ही जाएंगे। लेकिन उस समय पापा का साहस और निर्भीकता दर्शनीय थी। पापा हम सबको बचाने की मुद्रा में, अपनी दोनों मजबूत बाहें फैलाकर खड़े हो गए और शेर की तरह दहाड़े थे कि अगर एक आदमी भी नीचे की तरफ आया, तो मैं उसे उठाकर पटक दूंगा। भीड़ जैसे स्तब्ध रह गई थी और मंदिर परिसर में शांति छा गई। ऐसे बहादुर थे मेरे पापा।

उच्च शिक्षित होने के साथ ही पापा अनुशासन और धर्मपरायणता को जीवनशैली का आधार मानते थे। हर व्यक्ति के जीवन में कुछ उतार-चढ़ाव आते ही रहते हैं। पापा के जीवन में कुछ समय ऐसा भी आया जब उन्हें पर फोर्स (मजबूरी में) छुट्टी लेकर घर पर रहना पड़ा। ऐसे समय में भी वो बड़े शांत रहा करते थे और समय का सदुपयोग कर उन्होंने चारों वेदों और गीता का गहन अध्ययन किया। प्रायः धार्मिक ग्रंथों का अध्ययन और पूजा-पाठ करते-करते, वे गहरे ध्यान में डूब जाया करते थे।

*****

पापा का डिपार्टमेंट ऐसा था कि हर तीन साल में उनका ट्रांसफर हो ही जाता था। इस कारण से, हमारा काफी समय नए शहर और नए स्कूल में एडजस्ट करने में निकल जाता, फिर भी हम बच्चे बहुत खुश रहते क्योंकि पापा के ठहाकों और मम्मी की चूड़ियों की आवाज से घर गुंजायमान रहा करता था। घर में स्वस्थ, उत्साहवर्धक और गाने-बजाने

के साथ ही सही मायनों में पढ़ाई-लिखाई के बल पर सतत आगे बढ़ने-बढ़ाने वाला माहौल था। पापा के ही दिशा-निर्देशन में तीनों भाई एक के बाद एक बिना कोचिंग के ही आई.आई.टी. में सिलेक्ट होते चले गए। पिता के पदचिन्हों का अनुसरण करते हुए, तीनों भाई भी आई.आई.टी. कानपुर से अभियांत्रिकी में स्नातक हुए। कम्प्यूटर इंजीनियरिंग के क्षेत्र में अमेरिका की विख्यात कंपनियों में लगभग चार दशकों से कार्यरत रहते हुए, वे अब वहीं के स्थाई निवासी हो चुके हैं।

*****

पापा और मेरी टसल (किसी बात को लेकर असहमति) एक ही बात पर हुई, जब बड़े भैया के कहने पर मैंने नवीं क्लास में साइंस ले ली, जबकि पापा मुझे आर्ट्स (Arts) में दाखिला दिलवाना चाहते थे। यद्यपि वे स्वयं एक एंजीनियर थे लेकिन मेरे लिये वे कहते थे कि संगीत लो, लिटरेचर लो और बी.ए., एम.ए. जो करना हो करो। किन्तु बड़े भैया के कहे अनुसार, मैंने पहले बी.एस.सी. और बाद में इलेक्ट्रॉनिक्स एंजीनियरिंग की पढ़ाई की। इसी एंजीनियरिंग की पढ़ाई की बदौलत मेरी वित्तीय आत्मनिर्भरता जीवन-भर बनी रही और मैं सदा अपने पैरों पर खड़ी भी रही। कौन जाने अगर पापा के कहने पर आर्ट्स लिया होता तो जीवन ने क्या और मोड़ लिया होता?

खैर, उच्च शिक्षा के बारे में पापा की इच्छा के ख़िलाफ़ लिये गये मेरे इस कदम के बाद, पापा ने 'मैं कुछ नहीं बोलूँगा' जैसा रुख़ अपना लिया था और उस पूरी पढ़ाई के दौरान पापा मुझसे कुछ उखड़े-उखड़े ही रहे, लेकिन इसके बावजूद भी एंजीनियरिंग ड्रॉइंग के कठिन फंडामेंटल्स (मूल सिद्धांत) मुझे उन्होंने ही समझाए थे। समय बीतता गया पापा की इच्छानुसार पढ़ाई पूरी होते ही मेरी शादी हो गयी। शादी के बाद मैं अपने घर-परिवार और बच्चों में रम गई। तीनों भाइयों की शादियाँ हुईं और फिर वे तीनों भी अमेरिका जाकर, वहीं बस गए।

*****

हमेशा मुस्कुराते रहने वाले पापा को गुस्सा कम ही आता था। वे गुस्सा होते भी तो केवल मैनेजमेंट (व्यवस्था बनाये रखने) के लिए। वे अत्यन्त मेहनती और ईमानदार अफसरों में गिने जाते थे। कीचड़ में रहकर भी उन्होंने कमल के समान अपना जीवन जिया, जिसमें उनकी अर्द्धांगिनी और हमारी मम्मी ने सदैव उनकी प्रेरणा-स्रोत बनकर हर कदम पर उनका साथ दिया। सिंपल लिविंग और हाई थिंकिंग (सादा जीवन, उच्च विचार) ही मम्मी-पापा के जीवन का सिद्धांत था और यही कारण रहा कि जीवन में मेहनत और ईमानदारी के बल पर प्रगति करने की भावना, हम चारों भाई-बहनों में भी अंदर तक पैठ गई थी।

ऑफिस के स्टाफ के लिए, ड्यूटी के मामले में, बहुत स्ट्रिक्ट थे पापा। कई बार पापा को ऑफिस-कम-रेसीडेन्स भी मिला करता था, एक ही बिल्डिंग में घर भी और ऑफिस भी। ऐसे में कभी-कभी स्टाफ को ज़ोर से डाँट पिलाने की आवाज़ें भी आतीं। उनकी गरज़ती आवाज़ से बचपन में तो हम बच्चे डर ही जाया करते थे। लेकिन पापा जब घर में अंदर आते तो फिर वही मुस्कुराता चेहरा। मम्मी जब पूछतीं कि आप अभी तो इतने गुस्से में थे? तब वे स्मित चेहरे से सहजता से कह देते, मैं कोई अंदर से गुस्सा थोड़ी ना होता हूँ ये तो सब ऊपरी है, स्टाफ को काबू में रखने के लिये करना पड़ता है। अंदर से तो मैं एकदम शांत रहता हूँ।

*****

सर्विस पीरियड में उत्तर प्रदेश के अनेक शहरों में घूमते रहने के बाद, पापा के रिटायरमेंट पर, मम्मी-पापा अंतिम रूप से, लखनऊ में ख़ुद के बनवाये हुए उस लंबे-चौड़े घर में सेटल हुए थे, जिसका डिज़ाइन पापा ने स्वयं किया था। फूलों से भरा लॉन, किचन गार्डन, आम, नींबू के पेड़ और खिड़की पर महकती मालती की बेल, उस घर के प्राकृतिक वातावरण को संजोये हुए थे। सभी बहू-बेटों के अमेरिका में सैटल हो जाने और पापा की सेवानिवृत्ति के पश्चात्, अकेलापन झेलती मम्मी के लिए, पापा एक मजबूत आधार स्तंभ के समान थे। अकेलेपन के दंश को भूल जाने और ख़ुद को व्यस्त बनाये रखकर, समय काटने के लिये उन्होंने अपनी

पसंद के अनुसार तरह-तरह के मनोविनोद के साधनों को अपना लिया था, जैसे कि पिक्चर देखना और कभी-कभी पिकनिक पार्टियों में जाना, उनकी गतिविधियों में शुमार था। एंजीनियरिंग फील्ड से संबंधित, भारत के अलग-अलग शहरों में आयोजित होने वाले कार्यक्रमों में भाग लेने के लिये वे दोनों कभी इंडियन रोड कांग्रेस की किसी मीटिंग में जाते तो कभी इंस्टीट्यूशन ऑफ इंजीनियर्स की किसी मीटिंग में।

पापा सरकारी क्षेत्र से एक उच्चाधिकारी के पद से रिटायर हुए थे। रिटायरमेंट के बरसों बाद भी वे हमेशा साफ़-सुथरे और क़रीने से वेलप्रेस्ड सूट-बूट और टाई की फ़ॉर्मल ड्रेस (औपचारिक वेशभूषा) को पूरी तरह अपनाये रहे। उनका मानना था कि नौकरी के दौरान व्यक्ति को उसके पद के कारण सम्मान मिलता रहता है, लेकिन रिटायर होने के बाद उसे मिलने वाली इज़्ज़त, काफ़ी हद तक उसके पहनावे और आचार-व्यवहार पर निर्भर करती है। इसलिये, आपका पहनावा हमेशा ऐसा होना चाहिये कि आप जिससे मिलने जा रहे हैं, वह स्वयं आपके सम्मान में खड़ा होने को विवश हो जाये। ख़ास तौर से सरकारी दफ़्तर में जाने का मौका आने पर तो इस बात का विशेष ध्यान रखा जाना चाहिये।

रिटायरमेंट के बाद मम्मी पापा एक फिक्स रुटीन फॉलो करते रहे। सुबह 4:00 बजे उठकर ध्यान और योग करना, फिर कुछ वॉकिंग, सुबह 8:30 बजे तक नहा धो कर, तैयार हो जाना और तब नाश्ता करना। अकसर स्प्राउट्स दूध और ब्रेड स्लाइस। दोपहर 11:00 बजे और शाम 4:00 बजे चाय पीना। शाम की चाय के साथ ताश की बाजी। दिन में थोड़ा आराम और कुछ पढ़ना-लिखना। शाम को या तो वे दोनों कहीं चले जाते या कोई ना कोई उनसे मिलने घर आ जाता। आये दिन, डिनर पर फ्रेंड्स घर आते और उन्हें भी अपने घर बुलाते। इन सबके अलावा, जीवन भर की संचयित पुस्तकों से, उन्होंने घर के पिछले बरामदे में ही लायब्रेरी बना डाली थी, जिसमे वेद, पुराण, कुरान, बाइबल के अलावा हिन्दी और अंग्रेज़ी की सामान्य मनोरंजक किताबें भी रखी हुई थीं। आसपास के सभी बड़े बुज़ुर्ग वहाँ आकर बैठते, क़िताबें पढ़ते और वहीं धर्म और ज्ञान की चर्चाएँ भी होतीं। पापा के इन्हीं मित्रों ने अंतिम समय तक उनका साथ निभाया।

पापा को शुगर की बीमारी ने घेर रखा था। जब वे दोनों घर में होते, तो नाश्ता-खाने की टेबल पर, मम्मी पापा की कुछ इस तरह की मीठी नोंक-झोंक चलती रहती कि

'आप तो चुन-चुनकर मिठाई खा लेते हैं'

या

'जब धूप निकल आएगी, तब टहलने जाएंगे क्या?'

बढ़ती उम्र में पापा की शुगर कंट्रोल में बनी रहे और कोई अनचाहा कॉम्प्लिकेशन न पैदा हो जाये, इस उद्देश्य से मम्मी उन्हें ज़बरदस्ती ठेल-ठेलकर रोज़ चहलकदमी करने भेजती और मिठाई छुपा कर रखने की कोशिश करतीं। हमारे बच्चे, नाना-नानी की इस नोंक-झोंक को बड़ा एन्जॉय करते। बच्चों के पहुंचते ही नाना-नानी का फ्रिज, चॉकलेट, फ्रूट्स और कोल्डड्रिंक से भर जाता। बच्चों को कभी झू (चिड़ियाघर) ले जा रहे हैं तो कभी रेस्टोरेंट। घर में नानी की बनाई स्पेशल डिशेज़ परोसी जातीं। बच्चे आनंद से भर जाते।

*****

बीच-बीच में मम्मी-पापा भाइयों के पास अमेरिका भी चले जाते। जब भी जाते छः महीनों बाद ही लौटते। इस बढ़ती आयु में वे दोनों एक दूसरे को प्रसन्न रखते हुए, संतुष्ट जीवन व्यतीत कर रहे थे। लेकिन इस लौकिक संसार में जीवनसंगी बने पति-पत्नी में से किसी एक को तो अपने साथी के बिछोह का दर्द सहना ही होता है, यही अटल सत्य है। यही पापा के साथ भी हुआ। एक दिन अचानक ही दोपहर बाद मम्मी पापा को अकेला छोड़ गईं।

मम्मी के आख़िरी दिनों में पापा ने बच्चों के समान उनका ध्यान रखा था। मम्मी की शारीरिक कमज़ोरी के चलते काफी समय तक घर संभालने का सारा दायित्व पापा ने ही उठा लिया था। सारे ज़रूरी काम भी वे ही करते थे और साथ में मम्मी की डाँट भी खाते जाते थे। लेकिन पापा ने वह समय बहुत धैर्यपूर्वक निकाला, शायद उन्हें मम्मी का आख़िरी वक्त नज़दीक होने का अहसास हो गया था। मम्मी के जाने

के बाद पापा अचानक ही बहुत अकेले हो गए थे और पापा को संभालने की जवाबदारी मेरे कंधों पर आ गई थी। वह जवाबदारी निभाते-निभाते, जैसे मैं जैसे उनकी माँ ही बन गई थी और पापा के साथ, वही बचपन वाला स्नेह का अंकुर दोबारा जाग्रत हो गया था। मम्मी के जाने के बाद, लगभग साल भर लगा, पापा को संभलने में। फिर धीरे-धीरे उन्होंने सबसे मिलना-जुलना, सब के घर आना-जाना शुरू कर दिया।

अब उनका रूटीन (दिनचर्या) ये हो गया था कि साल में छह महीने वो अमेरिका में रहते और बाकी छह महीने भारत में। लखनऊ का घर उनका अपना था और आखिरी समय तक उनका साथी बना रहा। उस घर से उनके जीवन की अमूल्य यादें जुड़ी हुई थी। घर के एक-एक कण में उनकी जीवन-संगिनी का वास था। भारत लौटने पर वे सबसे पहले वहीं जाते, घर का हालचाल देखते, ज़रूरी मरम्मत का काम भी करवाते। लेकिन लखनऊ के घर में सारी व्यवस्थाओं का जायज़ा लेने और सब कुछ ठीक-ठाक करवाने के बाद, अकेले कुछ ही दिन वहाँ रह पाते और फिर निकल पड़ते अलग-अलग शहरों में बिखरे रिश्तेदारों से मिलने। सब का हालचाल जानने और किसी भी प्रकार की सहायता के लिये वे सदा तैयार रहते थे। जहाँ भी जाते, साथ में ढेरों गिफ्ट्स (उपहार) लेकर जाते। जहाँ कहीं भी जाते, उनकी एक अटैची उपहारों से ही भरी रहती थी, जैसे रंग बिरंगे कार्डिगन, टोपियाँ, साड़ियाँ, सूट, कुरते-पाजामे, आर्टिफिशियल ज्वेलरी वगैरह। साथ लाये हुए उपहारों के अलावा, पापा की अपनी पीढ़ी से आगे की तीसरी पीढ़ी (थर्ड जेनरेशन) तक के बच्चों की शादी के लिए पच्चीस-पच्चीस हज़ार तक की राशि के चेक काट-काट कर देते जाते। जिसे देते थे, उसके लेने से इनकार करने पर हंसते हुए कहते,

'अरे! ले लो। पता नहीं ******* की शादी में हम रहेंगे या नहीं। हमारी ओर से रख लो ये चेक। पैसा उस समय काम आ जायेगा। अभी तो बैंक में जमा करवा लेना।'

जब भी कुछ दिनों के लिये हमारे घर आते, जाने के पहले मुझे और बच्चों को तो वो हर ट्रिप में एक बड़े अमाउंट का चेक देकर जाते। कभी, मैं चेक बैंक में जमा नहीं करती तो नाराज भी होते और फिर

जब भी आते नया चेक थमा जाते। पापा जब भी यहाँ आते, सुबह-सुबह टहलकर लौटते और उनके हाथों में होते ढेरों फल, नमकीन मेवा और बिस्किट के पैकेट। जब तक पापा यहाँ रहते मुझे फल-सब्जी की कोई चिंता नहीं रहती। वो मेरे लिए पाँच-पाँच, छः-छः साड़ियां इकट्ठी ले आते थे।

*****

बढ़ती उम्र में, धीरे-धीरे उनकी इन्द्रियों ने उनका साथ छोड़ना शुरू कर दिया था। आँखों से कम दिखाई देता, कानों से सुनाई देना लगभग बंद हो गया था। कमजोर घुटनों के कारण चलते-चलते गिर भी जाते। उसके बाद भी उनके चेहरे की मुस्कान, उनसे कोई छीन न सका। इस अवस्था में भी, उन्हें अपने पूरे परिवार (एक्सटेंडेड फैमिली) की चिंता रहती। किस लड़की की शादी नहीं हो रही है? क्यों नहीं हो रही है? किसी की शादी टूटने की कगार पर क्यों है? या और कोई समस्या। हर संभव उनकी मदद करते।

परिचितों में किसी के भी घर में सुख हो या दुख, मदद करनेवालों में वे सबसे पहले पहुंचते। जरूरत समझने पर ढेरों समोसे, नाश्ता आदि लेकर वहाँ पहुँच जाते और साथ में रु. 5000 का चेक दे जाते। जैसे सब उनके अपने थे और वो सबके।

प्रथम कोरोना काल का लंबा समय लखनऊ में अकेले बिताने के बाद, पहली फ्लाइट खुलते ही शायद 6 नवंबर 2020 को वो अमेरिका चले गए थे। जाने से पहले उन्होंने हम दोनों को बुलाकर सारे बैंक अकाउँट्स और घर के पेपर्स के बारे में समझाया। कौन से कागज़ कहाँ मिलेंगे, इस बाबत सब बताया। फिर, अपनी विल (वसीयत) दिखाई और हमें समझाइश देते हुए हंसते-हंसते बोले,

'कब क्या हो जाये? कुछ निश्चित नहीं रहता, इसलिये ये भी करना पड़ता है।'

*****

अमेरिका पहुँचकर भी वीडियो कॉल के माध्यम से वो लगातार मुझसे जुड़े रहे। स्वास्थ्य के कारण और कड़े सरकारी नियमों के कारण, भाई उन्हें भारत वापस नहीं भेजना चाहते थे। भाइयों की सोच इसके पीछे यही थी अगर पापा भारत गए तो उनका वापस आना बहुत मुश्किल है। फोन पर बात करते हुए पापा अकसर मुझसे कहते,

'तुम यहाँ आती नहीं हो और हम वहाँ आ नहीं सकते, तुमसे मिलना कैसे होगा।'

लेकिन उनकी वीडियो कॉल अकसर आती रहती और यह विश्वास कि पापा भाइयों के पास ही हैं, मैं पूरी तरह निश्चिंत थी। फिर सितंबर 2022 में उन्होंने भारत आने की बहुत कोशिश की। भाई लोग नहीं चाहते थे कि निरंतर गिरते जा रहे स्वास्थ्य की हालत में, वे अकेले इतना लंबा इंटरनेशनल ट्रैवल करें और फिर उनका लखनऊ का घर भी तो लगभग 2 साल से बंद पड़ा था।

भारतीय समयानुसार 7 नवंबर 2022 को सुबह-सुबह (अमरीका में 6 नवंबर 2022 की रात), पापा का फ़ोन आया। चेहरे पर पीली गर्म टोपी उनकी आँखों तक आ रही थी। नीचे उनकी कमजोर सी आंखें झांक रही थीं, लेकिन उनकी आँखों में वहीं हंसती हुई सी चमक, जिसे बचपन से देखती आई थी, मैं अभी भी महसूस कर पा रही थी। कहने लगे-

'बेटा! रोज़ फ़ोन कर लिया करो, तबियत अब ठीक नहीं रहती है।'

कुछ इधर-उधर की बातें हुईं और फिर मैं हंसते हुए उन्हें उनके ग्रेट-ग्रैन्ड सन 'इवान' (यानी मेरे बेटे का बेटा) के बारे में बताने लगी। 'इवान' के बारे में आनंददायी बातें सुनकर, हलकी प्रसन्नता उनके चेहरे पर झलकने लगी। लेकिन उस दिन, फिर बातें उतनी लंबी नहीं चलीं, जितनी अकसर हुआ करती थी। पापा, शायद कुछ थका-थका सा महसूस कर रहे थे। कुछ ही देर में उन्होंने मुझसे कहा कि मैं, इवान और मेरी लेटेस्ट फोटो उनको भेज दूँ और फिर 'जय राम जी की' कहकर बात समाप्त कर दी।

मैंने फोन पर ही उन्हें इवान और मेरी सेल्फी भेज दी। उम्र के नवें दशक के उत्तरार्ध में भी पापा लेटेस्ट टेक्नोलॉजी और व्हाट्सऐप कॉल, झूम कॉल, फेसबुक आदि के उपयोग से पूरी तरह अपडेटेड थे। इंटरनेट पर उपलब्ध सामग्री को पढ़-पढ़ कर और कम्प्यूटर पर जूझ-जूझ करके वो सब सीख लेते थे। इंडियन कम्युनिटी सेंटर में जाकर लेक्चर देना, फ्रेंड्स के साथ झूम मीटिंग्स अरेंज करना, ये सब काम सब पापा करते रहते थे। कुछ ही देर में मेरे द्वारा भेजी गयी मेरी और बेबी की फोटो को उन्होंने ग्रुप में फॉरवर्ड कर दिया।

और फिर वह हुआ जो दिल बैठा गया। उसी दिन 7 नवंबर 2022 को, दिन में लंच के पहले, कुछ खास करने को था नहीं। इवान को स्कूल से वापस लाने में अभी क़रीब दो घंटे बाक़ी थे, इसलिये मैं अलसाई सी लेट गई। 11:30 बजे के आसपास मैं उनींदी सी हल्की झपकी ले रही थी और तभी बड़े भैया-भाभी का फ़ोन आया कि 'पापा पास्ड अवे (पिताजी अब नहीं रहे)' और मैं आधी नींद में उठ कर, क्या? कब? कैसे? बोलते हुए हकलाने सी लगी थी तथा मेरे गालों पर अविरल आंसू बहने लगे थे।

मैंने स्वयं को संयत करने का प्रयास करते हुए, मानो खुद से ही कहा कि बढ़ती उम्र और गिरते स्वास्थ्य की लाचारी का सामना कर रहे पापा के लिये, हर सांस में, पापा की इहलोक से मुक्ति की प्रार्थना करने वाली मैं, ये क्या कर रही हूँ? नहीं! मुझे रोना नहीं है, नहीं तो पापा की आत्मा को भी दुख पहुँचेगा। कौन ये नहीं जानता कि सभी को आखिर किसी न किसी दिन जाना ही है, लेकिन लाख मन को समझाओ, पिता-पुत्री के संबंध में ऐसा नहीं होता कि आप आँखों को आँसू बहाने से रोक सकें। वे बहने लगे तो फिर उनको रोक पाना मेरे लिये मुश्किल ही था।

जब तक पापा भारत में रहे, अपने जीवन काल में उन्होंने अपने नाते-रिश्तेदारों से भरे-पूरे विशालकाय परिवार में, अपने दोस्तों और अन्य परिचितों के परिवारों में, अधिकांशतः सभी शादियाँ अटेंड की थीं और उनमें बढ़-चढ़कर यथासंभव सहयोग भी दिया था। दूर-दूर के रिश्तेदारों, पुराने दोस्तों और अपने से थर्ड जेनरेशन तक के बच्चों से

उन्होंने संबंध बनाकर रखे थे। वे सिर्फ़ मुझसे ही नहीं बल्कि बहुत सारे रिश्तेदारों और परिचितों से लगातार संपर्क में बने रहे थे। उनके परलोक गमन की सूचना मिलते ही, सबके सांत्वना संदेश आने शुरू हो गये। अधिकतर लोगों की यही प्रतिक्रिया थी कि,

'अरे!.. अभी दो या तीन दिन पहले ही तो उनका मैसेज आया था... '

......

'अरे! अभी तो पिछले हफ्ते उन्होंने वीडियो कॉल पर बात की थी... '

.....

स्वयं को संयमित बनाये रखते हुए, हर फ़ोन कॉल पर मैं भी सब को यही बताती रही कि अंतिम साँस लेने से पहले उन्होंने अपने सब बच्चों से अलग-अलग बातचीत की थी और रात की पूजा करने के बाद, वे शांति से चिर निद्रा में लीन हो गए।

जिस रात वे अमेरिका में देवलोक गमन कर गये थे, भारतीय पंचांग के अनुसार वह गुरु पूर्णिमा थी। पूर्णिमा की चमकदार, चंद्रिका की सीढ़ी पर चढ़कर वे अनन्त लोक में विलीन हो गए थे, आखिरी समय तक हंसते, मुस्कुराते और ऐक्टिव (सक्रिय)।

इसे मैं ईश्वर का विशेष अनुग्रह और अपना परम सौभाग्य मानती हूँ कि मैंने ऐसे प्रबुद्ध, उच्च शिक्षित परिवार में, उनकी आत्मजा के रूप में जन्म पाया। ईश्वर की कृपा से, नाती-पोतों से भरे-पूरे परिवार को पीछे छोड़ते हुए, लगभग अट्ठासी वर्ष की परिपक्व आयु पाकर, उन्होंने परलोक गमन किया। ऊपरी रूप से चंचलता से ओतप्रोत विनोदी व्यक्ति होते हुए भी, वे अंतर्मन से न केवल मनुष्यों वरन् पर्यावरण में पाये जाने वाले सभी पेड़-पौधों व अन्य जीवों के प्रति भी अत्यंत दयार्द्र स्वभाव के स्वामी थे। उनके इसी स्वभाव से प्रेरणा पाकर, प्राकृतिक परिवेश पर आधारित मेरी रचनाओं में से कुछ चुनिंदा हल्की-फुल्की कहानियों और शब्द-चित्रों को मैंने इस लघु-संकलन का रूप दिया है।

पापा के लिये, अंत में, बस इतना ही कह सकती हूँ कि आपकी दी हुई शिक्षाएँ, आपके वंशजों के साथ, अन्य लोगों के लिये भी सदैव प्रेरणा का स्रोत बनी रहेंगी। मुझे जीवन के हर मोड़ पर प्रोत्साहन देने वाले,

धैर्यपूर्वक मेरी हर छोटी-बड़ी कहानी सुनने वाले, मुझे अनंत, असीम प्यार करने वाले, मेरे प्यारे-प्यारे पापा के चरणों में शत-शत नमन के साथ श्रद्धा सुमन स्वरूप, उनकी अशेष स्मृति को समर्पित है, मेरी ये कृति 'हल्की फुल्की कहानियाँ'।

इस्मिता माथुर 'मुस्कान'

उस दिन पहली बार, मैंने नीरज को ध्यान से देखा था। वह मुझे मुग्ध दृष्टि से देख रहा था। गुलाबी साड़ी में लिपटी मैं, बीरबहूटी हो गयी थी। न जाने ये कैसा सम्मोहन, कैसा इन्द्रजाल मेरे चारों और बुनता जा रहा था। मैं भूल गयी थी कि मैं नीरज से पाँच वर्ष बड़ी और बहुत अधिक क्वॉलिफाइड हूँ...आम के पत्तों और गेंदों के फूलों से सजे मंडप में जब पंडित जी ने मेरा कोमल हाथ नीरज के दृढ़निश्चयी हाथों में दिया, तो मेरा अंग-अंग रोमांचित हो उठा। मैं भूल गयी थी कि मेरा विवाह कितनी कठिनाई से हो रहा है और कैसे चुपके, चुपके......

*****

बासंती मौसम, फूलों की बहार और उससे भी सुन्दर सजना। पँखुरी दिवा स्वप्नों में डोलती रहती। तभी एक वज्रपात हुआ। जैसे कुदरत ने उनके साथ बहुत बड़ा मज़ाक किया था ......पँखुरी फ़फ़क पड़ी। इतने दिनों का दबा हुआ लावा जैसे बह निकला....... "नहीं चाचीजी! सात फेरों के बंधन में नहीं बंधे तो क्या हुआ। मन से मन का बंधन तो है ना। मैं उनको नहीं भुला सकती...।"

*****

एक आम नारी का जीवन सुख-दुख, धूप-छाँव, प्यार-अवसाद और संघर्ष आदि सभी की मिश्रित कहानी का स्वरूप होता है। किन्तु उसके जीवन के साथ, उसकी ये कहानी भी, कहीं गुम हो जाती है और वह सिर्फ़ एक फोटो फ्रेम में सिमट कर रह जाती है। नानी, दादी के ज़माने से लेकर इक्कीसवीं सदी के आधुनिक युग की लड़कियों तक, लगभग एक शताब्दी की पृष्ठभूमि में विस्तीर्ण, तीन पीढ़ियों की, उसी आम सी लगने वाली नारी के जीवन की, छोटी-छोटी खुशियों, मन में छुपे पति, प्रियतम के प्यार, मधुर दाम्पत्य, छोटे-छोटे दर्द और संघर्ष पर आधारित कहानियों का प्रतिनिधि संकलन है **तुम्हारी कहानी**।

लेखिका की पूर्व प्रकाशित पुस्तक
"वो, कुछ जानी, कुछ अनजानी" से......

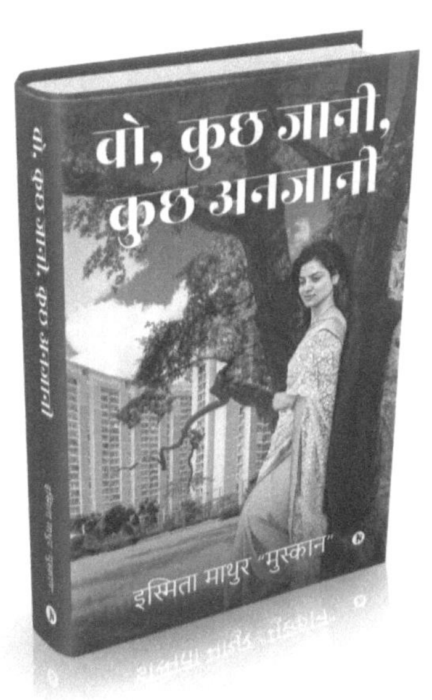

समकालीन भारतीय परिवेश पर आधारित, आर्थिक रूप से भिन्न-भिन्न वर्गों की नारियों के उत्थान और आत्मनिर्भरता की ओर अग्रसर कदमों का प्रतिबिंब प्रस्तुत करती कहानियों के स्वरूप में, **"वो, कुछ जानी, कुछ अनजानी"** रचना-संग्रह, समाज के हर वर्ग की, अल्हड़ किशोरियों से लेकर साठ-सत्तर साल की परिपक्व आयु की महिलाओं के जीवन में पाये जाने वाले सुख-दुख, खुशी और अवसाद भरे क्षणों की अनुभूतियों का निचोड़ प्रस्तुत करता है।

वो, जो कभी कहीं अचानक मिल जाती है, किसी पार्क में, सोसायटी की किसी बैंच पर, फव्वारे के किनारे लगी सीट पर।

वो, जो न जाने किस भावावेश में आकर साझा कर लेती है,
अपनी व्यथा, अपने मन के कोने में छुपा कोई सुख-दुःख,
और हल्का कर लेती है अपना मन।
वो, छूना चाहती है जो, आकाश के इन्द्रधनुष को,
देखना चाहती है, चाँदनी रात में "दूधिया से चाँद" को,
वो, जो बांधना चाहती है,
ढेर सारे "चाहत के फूल" अपने गुलाबी आँचल में ।
वही है नायिका, इस प्रस्तुति की...
"वो - कुछ जानी, कुछ अनजानी" ।

लेखिका की पूर्व प्रकाशित पुस्तक
"वामा का इन्द्रधनुष" से

असीम आकाश में कभी-कभी दृष्टिगोचर होते इन्द्र-धनुष में समाहित अगणित रंगों की भाँति सुख-दुख, रोमांस, प्यार और खुशी तथा कष्ट एवं शोक के मिले जुले पलों में भाव-विभोर या भाव-विह्वल कर देने वाली विभिन्न अनुभूतियों और एहसासों से भरे, नारी-जीवन के अनेक आयाम हैं।

वामा का अर्थ होता है स्त्री या नारी। वास्तविक जीवन में अनुभूत नारी-जीवन के विभिन्न आयामों को दर्पण की भाँति समाज के सम्मुख रखने का प्रयास है "वामा का इन्द्रधनुष"।

इक्कीस कहानियों के इस संकलन में हर उम्र, हर वर्ग के नारी जीवन के विविध पहलुओं का दर्शन होता है।

"होली" कहानी में वर्णित रियासत की 'रानी साहिबा' से लेकर, परिवार की दयनीय आर्थिक स्थिति के चलते, परिवार के जीवनयापन हेतु, परिवार से ही मीलों दूर रहकर कमाने के लिये अभिशप्त "कांता" कहानी की नायिका तक......,

परंपरा और रूढ़ियों में बँधे पितृ-सत्तात्मक समाज में, आज से साठ-सत्तर वर्ष पूर्व संघर्षरत नारी की व्यथा को दर्शाती, "पीला सिंदूर" और "तबला" कहानियों की नायिकाओं से लेकर, "टिमटिमाते तारे" और "काव्या" की नायिकाओं जैसी आधुनिक नारी तक.....

इस कहानी संग्रह में प्रस्तुत, नारी जीवन के विविध इन्द्रधनुषी रंग, संवेदनशील पाठकों के हृदय को छू जाने में सफ़ल रहेंगे और उन्हें नारी जीवन की समस्याओं और नारी-उत्थान के विषय में सोचने पर विवश कर देंगे।

लेखिका का संक्षिप्त परिचय

श्रीमती इस्मिता माथुर "मुस्कान" का जन्म 21 फ़रवरी 1962 को मेरठ (उत्तर प्रदेश) में हुआ था। आपने लगभग अड्डाईस वर्षों तक मध्यप्रदेश राज्य विद्युत मंडल/ पॉवर ट्राँसमिशन कम्पनी में संचार अभियंता के बतौर शासकीय सेवा की और वर्ष 2016 में स्वैच्छिक सेवानिवृत्ति प्राप्त की।आप लगभग दस वर्ष तक कंपनी की "महिला शिकायत समिति" की सक्रिय सदस्य भी रहीं, जिसने आपको महिलाओं की समस्याओं से बहुत गहरे तक जोड़ दिया।

बचपन से ही आपका झुकाव साहित्य, संगीत, नृत्य, एवं पेंटिंग की ओर रहा है। संवेदनशील हृदय की लेखिका ने जबलपुर के प्राकृतिक सौंदर्य, घर-परिवार और कार्यालय की विभिन्न खट्टी-मीठी यादों और लंबी यात्राओं से मिले अनुभवों को विभिन्न कहानियों, लघु कथाओं और कविताओं के रूप में लेखनी-बद्ध किया है।

समय-समय पर इनकी लघु कथाएँ और अनुभव विभिन्न पत्र-पत्रिकाओं यथा 'सरिता', 'वनिता' एवं 'मधुरिमा-दैनिक भास्कर' में प्रकाशित और आकाशवाणी जबलपुर, यू-ट्यूब और पॉड-कास्ट के रूप में 'मालती के फूल' तथा 'सुनो कहानी' शीर्षक के अंतर्गत प्रसारित होते रहे हैं। इनकी सभी कहानियाँ आम बोलचाल की भाषा में है।

लेखिका को हिन्दी साहित्य में उनके योगदान के लिये अंतर्राष्ट्रीय स्तर पर सुपरिचित संस्था 'कादम्बरी' द्वारा 'राष्ट्रीय सम्मान' एवं पाथेय प्रकाशन, जबलपुर द्वारा 'पाथेय-श्री अलंकरण' प्रदान किया गया है। इसीप्रकार लेखिका के ऊर्ध्वमुखी चिंतन, सार्थक क्रियात्मकता, साहित्य सृजन, सामाजिकता एवं सांस्कृतिक कलात्मकता को सम्मानित करते हुए हिन्दी लेखिका संघ मध्यप्रदेश, जबलपुर एवं सी.टी.आई., एम. पी. पूर्व क्षेत्र विद्युत वितरण कम्पनी, जबलपुर द्वारा सम्मानित किया जा चुका है।

"हल्की फुल्की कहानियाँ" से पहले, लेखिका की अन्य तीन कृतियाँ, क्रमशः "तुम्हारी कहानी", "वो, कुछ जानी, कुछ अनजानी" और "वामा का इंद्रधनुष" नोशन प्रेस, चेन्नई से ही, वर्ष 2021 एवं 2022 में प्रकाशित हो चुकी हैं तथा नोशन प्रेस के अलावा ऐमेज़ॉन, फ़्लिपकार्ट, गूगल-बुक्स आदि प्लेटफ़ॉर्म्स पर भी उपलब्ध है।

www.ingramcontent.com/pod-product-compliance
Lightning Source LLC
Chambersburg PA
CBHW021533150726
47990CB00006B/2220